Der Seeteufel
Eine Seegeschichte von Friedrich Meister
Neufassung und Digitalisierung von Peter M. Frey

In der Neufassung nimmt Peter M. Frey leichte Veränderungen am Originaltext vor, die der Lesbarkeit und der Übertragung in die heutige Zeit geschuldet sind. Ziel ist es, den Charakter des Originals so weit wie möglich zu erhalten. Im alphabetisch geordneten Glossar finden sich Erläuterungen zu Fachbegriffen aus der Seefahrt. Peter M. Frey arbeitet als Publizist und Autor in Süddeutschland.

Bibliografische Information der Deutschen Nationalbibliothek. Die Deutsche Nationalbibliothek verzeichnet diese Publikation in der Deutschen Nationalbibliografie; detaillierte bibliografische Daten sind im Internet über http://dnb.d-nb.de abrufbar.

Der Seeteufel
Eine Seegeschichte von Friedrich Meister
Neufassung und Digitalisierung von Peter M. Frey

Copyright © 2017 Peter M. Frey
Herstellung und Verlag
BoD - Books on Demand, Norderstedt
ISBN 9783741272394

Friedrich Meister

Friedrich Meister wurde 1848 in Baruth in Brandenburg geboren und starb 1918 in Berlin. Er war ursprünglich ein Seefahrer der alten Schule. Zu seiner Zeit wurde der überseeische Handelsverkehr zum größten Teil noch durch Segelschiffe besorgt. Auf solchen Segelschiffen fuhr Friedrich Meister zehn Jahre lang durch alle Meere - die Polarmeere ausgenommen - und bei Sonnenschein und Sturm erlebte er manches Abenteuer. Dabei lernte er fremde Länder und Völker kennen. Er bereiste China, Siam, Japan und den Südsee-Archipel bis zur Küste von Neu-Guinea und nördlich davon, die Philippinen. Er war in Westindien, Nord- und Südamerika, England, Italien und Griechenland. Er sah die „Sultansstadt am Goldenen Horn", das heutige Istanbul, und die Westküsten des Schwarzen Meeres. In Japan erkrankte er an einem Augenleiden, das ihn schließlich dazu zwang, den Seemannsberuf aufzugeben. An Land wusste er zunächst nicht, wovon er leben sollte. Er versuchte dies und das und gelangte schließlich zur Schriftstellerei. Friedrich Meister ist Autor zahlreicher Jugendbücher.

Aus dem Vorwort von ‚Burenblut'

Inhalt

Erstes Kapitel 11
*Der Leser macht die Bekanntschaft von zwei Kapitänen,
einem alten Matrosen und dem Helden dieser Geschichte.
„Erziehen Sie ihn hart, Ketelsen."*

Zweites Kapitel 18
*„Was ist mit Ihnen, Kaptein?" - Warum Gert vor der Zeit
an Bord kommt. - Was er als Decksjunge zu tun hat.*

Drittes Kapitel 24
*Gerts Schiffsmaaten. - Wie Jörn Puvogel einen Delfin harpuniert. Die
Geschichte von der Erfindung der Leesegel.*

Viertes Kapitel 30
*Wie Keppen Ketelsen und Steuermann Roller über Dampfer denken.
Die Bark in der Windstille. - Der unzufriedene Rudersmann.
Sturmvorboten.*

Fünftes Kapitel 34
*Gerts Misserfolg auf der Marsrahe.
Jörn erzählt das Abenteuer mit den blinden Passagieren.
Warum der Schiffer das Großboot aussetzen lässt.*

Sechstes Kapitel 42
*„Auf dem Schiff dort, geht es nicht mit rechten Dingen zu."
Ein trauriger Fund. - Der neidische Jörn. - Ein Begräbnis.
Ein geheimnisvoller Hilferuf. - „Da haben wir den Geist!"*

Siebentes Kapitel 48
*Die Schiffbrüchigen. - Warum Keppen Rappo erschrak.
„Die zehntägige Bootsfahrt ist eine verdammte Lüge."
Der Name am Boot.*

Achtes Kapitel 54
*Eine Katastrophe. - „Wir haben unser Schiff verloren!"
Warum Rappo bis zehn zählt. - Wie Ringbolzen zur Hilfe
erscheint. - Der Kampf um die 'Käthe'. - Die Übermacht siegt.
„Wir haben uns auf das Schlimmste gefasst zu machen."*

Neuntes Kapitel 63
Ausgesetzt. - Im Boot. - Der Schatten im Mondstreifen. - Gerettet.

Zehntes Kapitel 68
*Gert und Rappo. - „Der wird, der hat das rechte Zeug in sich."
Befreiungspläne.*

Elftes Kapitel 75
*Rappo und Jörn verhandeln allerlei miteinander.
„Ich habe Sie von Anfang an für einen Seeräuber gehalten."
Warum Rappo den Matrosen Puvogel einen Schnappfisch nennt.*

Zwölftes Kapitel 80
Puvogels Plan. - Gerts Idee. - Was Steuermann Paulsen sagte.

Dreizehntes Kapitel 86
Die Thetisleute revoltieren. - Wie es kam, dass Gert den Seeräuberkapitän niederschoss. - Die zweite Kugel dem Bootsmann. - „Wir haben jetzt die Bark wieder". - Wie Puvogel Rappo in Eisen legt.

Vierzehntes Kapitel 92
Nächtlicher Überfall. - „Sie haben sich ihr Schicksal selber zuzuschreiben." - Warum Jörn Rappo einen heimlichen Hund nennt.

Fünfzehntes Kapitel 95
Wie Jörn und Gert dem Seeräuber die geheime Tasche rauben. „Mein Amulett!" - Das Dokument. - „Was ist nun mit dem vielen Geld?" - Die Beratung. - Wie der Zimmermann und der zweite Steuermann der 'Thetis' zu Tode kamen.

Sechzehntes Kapitel 101
Wie die Banditen ausgesetzt werden. - Wie ist alles so anders geworden. - Peter Moll und Jochim Frettwurst.

Siebzehntes Kapitel 105
*Kalkutta. - Ein Wiedersehen. - Ein neuer Steuermann und eine neue Mannschaft. - Am Ziel! - „Das Land sieht grausig aus."
Zu Anker.*

Achtzehntes Kapitel 110
*„Hallo, Keppen Ketelsen!" - Kapitän Brand rüstet eine
Brigg aus. - Die ‚Ameise' geht in See und Geitau geht mit.*

Neunzehntes Kapitel.. 114
*Auf der Brückeninsel. - Gert entdeckt eine Höhle.
Warum Jörn seinen Maat Döschkopp auf den Rücken nahm.
Dampfendes Wasser. - „Hier haben wir das viele Geld!"*

Zwanzigstes Kapitel 118
*Die Schätze. - Das Gerippe. - „Alles ist eitel."
Worüber Jörn und Döschkopp sich die Köpfe zerbrechen.
Warum unsere Abenteurer plötzlich die Insel verlassen.*

Einundzwanzigstes Kapitel..................................... 124
*Das Gerippe im Sack. - Das gekenterte Boot. - Der geborgene
Schatz. - Der Freudenschuss. - Rappo! - Ein seltsames Geschoß.
Abwehrmaßregeln. - Puvogel setzt Kaffeewasser auf.*

Zweiundzwanzigstes Kapitel 131
*„Keinen Laut, oder du bist tot!". - „Komm, Döschkopp, jetzt ist
es Zeit!" - Der Parlamentär. - „Puvogel, Kaffeewasser!"*

Dreiundzwanzigstes Kapitel 136
*Wie Döschkopp seinen Freund Jörn zu seiner Meinung bekehrt.
„Wir wollen die Kanaillen mit goldenen Geschossen begrüßen!"
Des Bootsmanns Ende. - Gerts Kriegslist. - „Wo ist Rappo geblieben?"
Der Untergang der 'Käthe'.*

Vierundzwanzigstes Kapitel 143
*Gerts Traum. - Ein gefährliches Unternehmen.
„Hurra! Zwei vernagelt!" - Ein Schiff in Sicht.
„Keppen Brand, hier ist Ihr Sohn!"*

Fünfundzwanzigstes Kapitel 148
Wie die 'Ameise' zur rechten Zeit kommt. - Psalm 107, Vers 23 bis 30. - Rappos Geschichte. - Heimfahrt der 'Ameise'. „Das liegt so in Janmaats Blut". - Kapitän Gert Brand von der 'Käthe'.

Worterläuterungen 157

Erstes Kapitel

*Der Leser macht die Bekanntschaft von zwei Kapitänen,
einem alten Matrosen und dem Helden dieser Geschichte.
„Erziehen Sie ihn hart, Ketelsen."*

Es war um halb sechs Uhr an einem nassen und stürmischen Novembernachtmittag. Ein Mann in schwarzem Düffelrock und großer Schirmmütze kam die Straße herauf, blieb vor einem der kleinen einstöckigen Häuser stehen, zog seine dicke silberne Uhr hervor und blickte beim Schein der flackernden Straßenlaterne auf das Zifferblatt.

„Drei Glasen", murmelte er, steckte die Uhr wieder ein, fasste mit der Rechten den messingenen Klopfer der Haustür und tat damit drei Schläge, und zwar zwei hintereinander und den dritten nach einer Pause von einigen Sekunden.

„Drei Glasen in der ersten Hundewache", murmelte er. Poch, poch - poch.

Drinnen wurden schlurfende Schritte vernehmbar, die Tür öffnete sich und ein etwas gebeugter, grauhaariger, gebräunter und verwitterter Seemann erschien auf der Schwelle. Seine Kleidung bestand aus einem blau und rot gestreiften Sweater und einer dunklen, schon recht bejahrten Hose, die durch einen Riemen emporgehalten wurde, an dem sich hinten ein Scheidenmesser befand.

„Guten Abend, Hannes Geitau", sagte der Ankömmling, „ist der Kaptein da?"

„Jawoll, Steuermann - oder Keppen Ketelsen, wenn ich Sie nun so nennen soll, denn die Zeiten ändern sich", antwortete der alte Seemann.

„Lass den Kaptein mal sein, Hannes", entgegnete der Besucher, schob den Alten auf die Seite und trat in das Haus. „Ich bin ein bisschen spät dran."

„Das merk' ich, und der heiße Labskaus merkt das auch. Der brutzelt im Bratofen wie in der Mittagssonne wenn man gerade den Äquator passiert."

„Ist schon gut, Hannes, ist wohl nicht so viel zu verderben", lachte Ketelsen. „Aber ich höre den Alten husten; wenn ich mich nicht ganz täusche, dann gibt es noch eine Bö."

„Da haben Sie recht, Kaptein, mit Reedern ist nicht zu spaßen", sagte Hannes und machte die Stubentür auf.

Ketelsen trat in das Zimmer, dessen Wände allenthalben mit Schiffsbildern und einer Menge von überseeischen Merkwürdigkeiten geschmückt waren. Am Kaminfeuer saß in einem Lehnstuhl ein ältlicher Mann, dem man auf den ersten Blick den Seefahrer ansah.

„Sie kommen spät, Ketelsen", sagte er.

Seine Stimme war kräftig und tief, trotzdem aber verriet sie, dass der Sprecher stark erkältet oder sonstwie leidend war.

„Das tut mir leid, Keppen Brand", lautete die Antwort, „aber da war noch etwas von der Ladung an Land, und da musste ich gehen und Dampf achter machen."

„Ist das Schiff denn jetzt seeklar?"

„Ja, Kaptein, seeklar. Heute Nacht gegen zwölf haben wir Hochwasser."

„Und ich muss hier sitzen und meine *Käthe* ohne mich in See gehen lassen! Sie können sich nicht denken, Ketelsen, wie schwer mir das Herz ist! Bis Sie wieder binnen kommen, habe ich niemand als den Jungen."

„Und Hannes Geitau", sagte Ketelsen. „Der bleibt bei Ihnen, so lange seine Spanten und Planken zusammenhalten, und er ist noch einer von den alten, kernigen Leuten."

„Das ist richtig, und zuverlässig und treu ist er auch", nickte Kapitän Brand. „Aber Sie haben niemals eine liebe Frau verloren, sind niemals krank gewesen und brauchen nicht aufzuliegen wie ich alter abgetakelter Kerl."

Hannes steckte den Kopf zur Tür herein: „Soll ich den Tisch decken?"

„Ja. Ich habe mit Keppen Ketelsen wichtige Sachen zu besprechen, und nach dem Abendbrot sind die Gedanken klarer als vorher."

Während Hannes den Tisch deckt, soll der Leser näheres über die beiden Kapitäne erfahren. Kapitän Brand war ein Mann von etwa fünfzig Jahren. Er hatte früh angefangen zur

See zu fahren, ohne dabei zu etwas Rechtem gekommen zu sein. Endlich aber war das Glück ihm hold. Er fand ein verlassenes Wrack auf See und schleppte es in den Hafen. Die Ladung war so wertvoll, dass das Bergegeld ihn zu einem verhältnismäßig reichen Mann machte. Nun kaufte er sich unter günstigen Bedingungen eine schöne neue Bark und taufte sie *Käthe*, nach seiner über alles geliebten jungen Frau, die ihn künftig auf seinen Reisen begleiten sollte, was ihm vorher von seinen Reedern nicht gestattet worden war. Allein Gott hatte es anders bestimmt. Vierzehn Tage vor Beginn dieser Reise wurde Frau Käthe von einer Krankheit befallen, die sie schnell dahinraffte. Der Schmerz des unglücklichen Kapitäns war nicht zu beschreiben, aber er trug ihn wie ein echter Mann.

Als einzigen Trost nahm er nun seinen fünfjährigen Sohn Gert mit sich an Bord, aber schon nach der zweiten Reise ließ er sich von seinem Obersteuermann und erprobten Freund Ketelsen überreden, den Kleinen daheim zu lassen, damit er zur Schule geschickt werden könne. Der Matrose Hannes Geitau, der lange Jahre unter Kapitän Brand gefahren war, und dessen Alter ihm das Leben an Bord bereits beschwerlich zu machen anfing, wurde zum Hüter und Erzieher des Jungen ausersehen und zog mit diesem in das kleine Haus, in dem der Kapitän ein so glückliches Familienleben geführt hatte.

„Hannes kann dem Jungen während einer einzigen Hundewache mehr beibringen, als ein Schulmeister in einem ganzen Jahr", sagte der Schiffer. „Gert soll ein Seemann werden und Hannes ist ganz der Mann, einen tüchtigen Janmaaten aus ihm zu machen".

Und so war er ohne seinen Sohn wieder auf die Fahrt gegangen, und das einzige, was ihn nun noch an seine geliebte Verstorbene erinnerte war seine Bark *Käthe*. Solange er sich an Bord befand, fühlte er sich von ihrem Geist umschwebt".

„Das Essen ist fertig", sagte Hannes, den Deckel von der Labskaus-Schüssel abnehmend.

Kapitän Brand erhob sich von seinem Lehnstuhl und nahm mit seinem Gast am Tisch Platz. Der alte Matrose stand in einiger Entfernung. Der Schiffer stieß mit dem Griff des Tranchiermessers kräftig auf den Tisch, das Zeichen zum Gebet. Alle drei Männer neigten die Köpfe und der Hausherr sprach das „Aller Augen".

Das Mahl währte nicht lange und wurde schweigend eingenommen. Danach setzten beide Kapitäne sich an den Kamin und zündeten ihre Pfeifen an.

„Also heute Nacht gehen Sie mit der Käthe in See, Keppen Ketelsen", begann Brand nach einer gedankenvollen Pause, „und ich ..."

„Sie führen Sie die nächste Reise, und dann bin ich wieder Ihr Steuermann", sagte Ketelsen.

„Nicht doch, mit mir ist's aus. Mischen Sie Ihren Grog!" ... Hannes hatte heißes Wasser, Rum, Zucker und zwei Gläser vor sie auf den Tisch gestellt ... „Und stoßen Sie mit mir an. Sie kennen unseren alten Toast."

Er hob das Glas und Ketelsen tat das gleiche.

„Meine Käthe!", sagte er.

Sie tranken mit tiefem Ernst.

„Vielleicht sieht sie uns", fuhr er fort. „Bald werde ich bei ihr sein. Doch nun zur Sache."

„Halt an ein bisschen", fiel Ketelsen ein. „Wir fahren jetzt schon zwanzig Jahre miteinander, und noch niemals haben Sie ans Sterben gedacht, obwohl wir manchmal in verdammt böser Klemme steckten. Wenn Sie einmal tot vor mir liegen, dann will ich's glauben, vorher nicht. Wüsste ich, dass es bald mit Ihnen zu Ende ginge, dann schleppte ich Sie noch heute Nacht mit mir an Bord, damit Sie wenigstens auf eine anständige Art sterben und ein Seemannsbegräbnis haben könnten. Sie, Kaptein, Sie haben noch manche schöne Reise vor sich. So, was wollten Sie mir sagen?"

„Wegen des Jungen wollte ich mit Ihnen reden. Ich habe ihn zu Bekannten geschickt, um ihn hier aus dem Weg zu haben. Sie meinen, ich könnte noch länger leben, der Doktor aber denkt anders. „Brand", sagte er zu mir, „Ihr Leben zu retten, gibt es nur eines, und das ist Ruhe! Sie dürfen nicht mehr an Bord gehen. Wenn Sie an Land bleiben, dann ist noch Hoffnung. Vorausgesetzt, dass Sie nicht wieder so einen Anfall bekommen. Kommt wieder einer, und Sie haben nicht sofort ärztliche Hilfe, dann sind Sie verloren. Also an Land bleiben, unbedingt!"

Ich ließ mir das Ding durch den Kopf gehen und dachte an den Jungen. Um seinetwillen bin ich denn auch zu Anker gegangen, und Hannes und ich erziehen nun Gert gemeinsam. Aber, Ketelsen, Hannes wird alt. Er ist fest wie Granit, das wird ihn jedoch nicht hindern, eines Tages zu sterben, und wenn ich hinüber bin, und auch er nicht mehr ist, was wird dann aus dem Jungen? Das macht mir das Herz schwer. Wenn Sie von dieser Reise wieder binnen kommen, und ich inzwischen gestorben bin, dann sollen Sie ihn zu sich an Bord nehmen und einen tüchtigen und gottesfürchtigen Seemann aus ihm machen. Wollen Sie mir das versprechen, Keppen Ketelsen?"

„Das will ich, Keppen Brand, das verspreche ich Ihnen."

„Er soll vorn im Logis als Deckjunge anfangen, wie sein Vater angefangen hat. Ohne Vorzug vor den anderen. Hernach wird er ein richtiger Seemann sein, vom Kiel bis zum Flaggenkopf. Erziehen Sie ihn hart, Ketelsen, lassen Sie ihm nichts durchgehen, um meinetwillen, Ketelsen. Behandeln Sie ihn wie jeden anderen, nur sonntags mag er ein Extrastück Kuchen kriegen, das heißt, wenn er die ganze Woche seine Pflicht getan hat."

„Keppen Brand", versetzte Ketelsen, „ich weiß, wie Sie selber ihn erzogen haben würden, und ich werde danach handeln. Ich hoffe aber, das wird nicht geschehen."

„Fassen Sie ihn hart an, Ketelsen, hart!", wiederholte der Schiffer.

In diesem Augenblick ging die Haustür und der Gegenstand dieser Unterredung kam ins Zimmer herein.

„Hallo Gert!", rief Kapitän Brand und nahm den, ihn liebevoll umhalsenden Jungen auf sein Knie. „Unser Freund hier, Keppen Ketelsen, ist gekommen, dich mit an Bord der *Käthe* und auf See zu nehmen. Willst du mit ihm gehen?"

„Gern, Vater, wenn Du es erlaubst!", antwortete der Junge mit aufleuchtenden Augen.

„Was? Und Deinen Vater ganz allein zurücklassen?"

„Du hast mich sooft mit Hannes allein gelassen, daher weiß ich, wie gut er auch für dich sorgen würde. Er kann feine Geschichten erzählen, das sag' ich dir! Gerne gehe ich, Vater!"

„Wollen Sie ihn haben, Ketelsen?"

„Meine Mannschaft ist vollzählig, aber ich könnte ihn vielleicht als Überzähligen, als Spielvogel mitnehmen, als Jimmy Ducks, wie die Engländer sagen."

„Möchtest du als Jimmy Ducks mitgehen, Gert?"

„Die Bezeichnung klingt läppisch, aber meinetwegen. Von Hannes habe ich schon viel gelernt, ich kann spleißen und allerlei Steken machen, auch feuern und reefen könnte ich schon, glaube ich. Darf ich, Vater?"

„Nein, mein Sohn, diesmal noch nicht. Ich freue mich aber, dass du keine Lust hast, eine Landratte zu werden. Sage mir jetzt, gute Nacht und wünsche Keppen Ketelsen glückliche Reise, und dann geh zu Bett. Wir haben noch mancherlei zu besprechen, und nächste Reise nimmt er dich vielleicht mit."

„Er lernt sehr gut in der Schule", sagte Keppen Brand, als der Junge hinaus war. „Neulich schrieb mir sein Klassenlehrer, er bedaure, dass Gert zur See gehen wolle, er habe so gute Anlagen, dass ich ihn lieber einem Beruf zuwenden sollte, in dem sein scharfer Verstand zur vollen Geltung gelangen könnte. Als ob scharfer Verstand zum Seemannsberuf nicht nötig wäre!"

„Sie haben dem Schulmeister hoffentlich die richtige Antwort gegeben", sagte Ketelsen, „und den Jungen aus der Schule genommen."

„Geantwortet habe ich dem Lehrer, den Jungen aber in der Schule gelassen, denn der Mann meinte es in seiner Weise recht gut."

Sie tranken ihren Grog und redeten noch hin und her, bis die Uhr elf schlug.

„Jetzt muss ich gehen", sagte Ketelsen, „ich will zur rechten Zeit an Bord sein."

„Na, denn adjüs, Maat", versetzte Brand. „Ich werde den Kurs der *Käthe* täglich auf meiner karte abstecken, und wenn Sie wieder da sind, wollen wir unsere Karten vergleichen. Sie wissen Ihre Instruktionen, was?"

„Bis auf den Punkt."

„Also adjüs, alter Freund. Möge der Herrgott mit Ihnen und meiner guten *Käthe* sein."

Hannes wurde hereingerufen, und alle drei tranken auf eine erfolgreiche Reise.

Keppen Brand und der alte Matrose geleiteten den Schiffer der *Käthe* aus dem Haus und kehrten dann in das trauliche Gemach zurück, während jener durch Wind und Regen zum Hafen hinabschritt.

Zweites Kapitel

„Was ist mit Ihnen, Kaptein?"
Warum Gert vor der Zeit an Bord kommt.
Was er als Decksjunge zu tun hat.

„Bleib noch ein bisschen bei mir, Hannes", sagte Keppen Brand, als er wieder am Kamin saß, „ich komme mir vor, wie ein Barometer vor dem Sturm; meine Seele ist tief niedergedrückt, um viele Zoll gesunken. Denk doch, alter Junge, zum ersten Mal seit ich sie habe, geht die *Käthe* ohne mich in See!"

„Das Gefühl kenne ich, Kaptein", entgegnete Hannes Geitau; „das ist mir ganz genauso gegangen, als Sie mich nicht mehr anmustern wollten, von wegen meiner Jahre. ich weiß wie einem zumute ist, wenn man abgetakelt ist."

„Abgetakelt", fuhr der Schiffer jetzt auf. „Wer ist abgetakelt? Ich kann heute noch den Reueltopp hochklettern! Nein, abgetakelt bin ich noch lange nicht, ich liege nur im Trockendock zu Reparatur. Weißt du übrigens, dass morgen Gerts Geburtstag ist? Dreizehn wird er."

„Weiß ich, und ein großer, schöner Junge ist er für sein Alter. Mag der liebe Gott ... Was ist mit Ihnen, Kaptein?"

Der Schiffer war plötzlich totenbleich in den Lehnstuhl zurückgesunken und rang mühsam nach Luft.

„Der Anfall ...", ächzte er, „es ist aus mit mir! Hol den Doktor ... und dann ... dann bring den Jungen an Bord! Eile ... ich ... ihr erreicht das Schiff noch. Sage Ketelsen, er solle sich meines Sohnes annehmen, mit mir sei es nun zu Ende. Er hat mir's versprochen. Macht, dass ihr fortkommt!"

„Jawoll, Kaptein", antworte Hannes gewohnheitsmäßig, jetzt aber ebenfalls bleich vor Schreck, und ohne an Mütze und Jacke zu denken, rannte er davon, zu dem in der Nähe wohnenden Arzt, und als er dort seine Hiobsbotschaft ausgerichtete hatte, kehrte er in größter Eile ins Haus zurück.

Kapitän Brand lag ausgestreckt auf dem Fußboden, schwer röchelnd, aber bei voller Besinnung. Hannes legte ihm ein Kissen unter den Kopf.

„Bring den Jungen an Bord!", stieß der Leidende hervor.

„Jawoll, Kaptein", antwortete der alte Matrose mit versagender Stimme.

Er sprang die Treppe zu dem Obergeschoss hinauf und stürzte in das Schlafzimmer, wo Gert in friedlichem Schlummer lag.

„Reiß' aus Quartier!", rief er und schüttelte den Schläfer heftig an der Schulter. „Raus mit dir, Junge, es ist deine Wache an Deck! Keppen Brand hat Order gegeben, dass du an Bord gehen sollst. Es ist keine Zeit mehr zu verlieren, hörst du? Zieh dich an und komm mit!"

Gert fuhr verwirrt und schlaftrunken empor, gehorchte aber sogleich und war in wenigen Minuten angekleidet.

Hannes hatte inzwischen hastig sein Bündel gepackt und nun gingen beide hinunter.

„Ich muss doch erst Vater adieu sagen!", wehrte sich der Junge, als Hannes ihn ohne weiteres zur Haustür hinausschieben wollte, da er nicht wollte, dass er den Schiffer sehen und sich vor dessen Zustand entsetzen sollte.

„Bleib hier, ich will ihn erst fragen", entgegnete er. Dann steckte er den Kopf in die Stubentür.

„Wollen Sie Ihren Gert noch einmal sehen, Kaptein?", fragte er.

„Ja, bring ihn her ... aber erst hilf mir in den Stuhl ... ich werde mich zusammennehmen."

Dies geschah, dann kam Gert herein.

„Komm her und küsse mich, mein lieber Sohn", sagte der Vater heiser und tonlos. „Du gehst jetzt an Bord; das soll mein Geburtstagsgeschenk für dich sein."

„Ich danke dir, lieber Vater", antwortete der Junge, „damit machst du mir die größte Freude", und gerührt hing er an des Schiffers Halse.

„Bleibe gut und werde ein tüchtiger Fahrensmann", sagte dieser und drückte ihn an sich. „Nun geht mit Gott, mein Segen ist mir dir. Lebewohl!"

Gerts Augen füllten sich mit Tränen, um sie vor seinem Vater zu verbergen, ging er schnell hinaus.

Jetzt wandte der Schiffer sich an Hannes Geitau.

„Du weißt, was du zu tun hast", sagte er.

„Jawoll, Kaptein."

„Ketelsen soll einen Mann aus ihm machen, er soll ihn gut behandeln, aber auch hart und unnachgiebig sein, wenn's not tut. Sag' ihm das."

„Jawoll, Kaptein."

Als der alte Matrose mit Gert auf die regennasse Straße hinaustrat, kam ihnen der Doktor entgegen. Hannes ging mit ihm einige Schritte zurück.

„Höchste Zeit!", raunte er ihm zu. „Ich fürchte, diesmal sieht es schlimm aus mit ihm. Aber wenn unser Herrgott das will, dann bringen Sie ihn noch mal durch."

„Ich werde tun, was ich kann", antwortete der Arzt. „Wohin wollen Sie zu dieser Nachtzeit mit dem Jungen?"

„Der soll an Bord und auf See. Er ist noch ein bisschen jung, aber der Alte meint, dass man keinen Waisen an Land brauchen kann."

Damit ließ er den Doktor stehen und lief schnellen Schrittes mit Gert dem Hafen zu. Diesem war es noch immer ganz wirr zu Sinne. Er wäre seelenfroh gewesen, hätte er des Vaters Entschluss rechtzeitig erfahren, aber so urplötzlich aus dem Bett geholt zu werden und kaum Zeit zum Abschiednehmen zu haben, das kam ihm doch gar zu seltsam vor.

Und was mochte nur mit dem Vater gewesen sein? Wie hatte er so bleich in seinem Stuhl gelehnt, wie hohläugig und traurig hatte er ihn angeschaut! Ein unbestimmtes Bangen überkam ihn.

Eine Zeitlang wanderten sie schweigend miteinander dahin, jeder hing seinen Gedanken nach. Der alte Matrose hielt des Jungen Hand gefasst.

„Hannes", begann dieser endlich, „warum hat Vater mir nicht früher gesagt, dass ich mit Keppen Ketelsen zur See soll?"

„Das weiß ich nicht, Sohn, ich bin nicht der Kapitän; aber was er will, das muss ausgeführt werden", war die Antwort.

„Ich weiß", sagte Gert. „Aber ich glaube, mit dem Vater ist etwas nicht in Ordnung, er war so ganz anders als sonst. Warum kam der Doktor noch so spät?"

„Weiß ich nicht, Sohn. Vielleicht wollte er sich mit dem Vater noch ein bisschen unterhalten. Als Geburtstagsüberraschung um Mitternacht an Bord geschickt zu werden, das ist doch ein dolles Stück, was, Gert? Aber das war doch immer dein Wunsch, oder?"

„Ja, und ich freue mich, dass er jetzt erfüllt wird. Aber mit dem Vater war's nicht richtig. Meinst du nicht auch, Hannes?"

„Mach erst mal eine Reise mit unserem Keppen Ketelsen, dann wirst du nicht mehr unnütz fragen. Dein Vater will, dass du auf die *Käthe* gehst und das machst du jetzt, ich habe dich schließlich gut erzogen."

„Ich will nichts mehr fragen", entgegnete Gert kleinlaut, „aber der Vater ..."

„Dein Vater hat gesagt, du sollst an Bord deine Schuldigkeit tun, hast du mich verstanden?"

„Ja, Hannes."

Ziemlich außer Atem kamen sie auf der Werft an, an der die Käthe lag, die soeben von einem kleineren Dampfer ins Schlepptau genommen wurde.

„Schnell, Junge", rief Hannes, und es gelang ihnen noch mit genauer Not, in die Achterrüst zu springen, da zwischen Schiff und Werft bereits vier Fuß breiter Abgrund klaffte.

An Deck der Bark war alles in voller Beschäftigung. Hannes führte den Jungen in die Kajüte und gebot ihm, bis auf weiteres hier zu bleiben. Darauf begab er sich auf das Kampanjedeck, wo er den Kapitän bemerkt hatte. Derselbe stand neben dem Lotsen.

„Hallo, Hannes!", rief er erstaunt. „Was ist los? Was bringst du? Doch nichts Schlimmes?"

„Ich bringe dir den Jungen", antwortete der alte Matrose.

„Um Gott!", rief Ketelsen, der sogleich an seinen Freund und dessen tückische Anfälle dachte. „Ist er tot?"

„Nee, wenigstens lebte er noch, als ich weg ging. Er denkt aber, dass es bald mit ihm zu Ende gehen wird", sagte Hannes und berichtete dann, was sich in dem Häuschen am Lande zugetragen hatte.

„Ketelsen soll einen fixen Fahrensmann aus ihm machen, er soll ihn gut behandeln, aber ihn auch einmal hart anfassen, wenn das nötig sein sollte. Das war das letzte, was er mir sagte", so schloss er.

„Glaubst du, dass seine letzte Stunde gekommen ist?", fragte Keppen Ketelsen.

„Er sagte das so zu mir, Kaptein", entgegnete Hannes, „und solang ich ihn kenne, und das sind viele Jahre, hat er immer recht behalten, wenn er etwas gesagt hatte.

Ketelsen schüttelte traurig den Kopf und schritt mit dem alten Matrosen der Kajütsklappe zu.

„Weiß der Junge, wie es mit seinem Vater steht?", fragte er.

Hannes zuckte die Achseln.

„Er ist ein schlauer Junge und hat verdammt scharfe Ohren am Kopf", antwortete er. „Er denkt, diese Reise soll ein Geburtstagsgeschenk für ihn sein. Aber man kann nicht wissen, ob er nicht doch etwas gemerkt hat."

In der Kajüte angelangt, sahen sie Gert auf dem Tisch sitzen, mit dem Beinen baumeln und ein Stück Hartbrot kauen.

„Haha!", lachte Hannes. „Warte einmal vierzehn Tage, mein Junge, dann wird dir das Schiffsbrot wohl nicht mehr so gut schmecken!"

Ketelsen begrüßte ihn mit väterlicher Freundlichkeit und schickte ihn sogleich zu Bett, damit er den unterbrochenen Schlaf fortsetzen könne.

„Kannst dich vorläufig in meine Koje legen", sage er. „Morgen früh findet sich das andere."

Gert legte sich schlafen.

„Hannes aber kratzte sich hinter den Ohren.

„Das ist gegen die Abmachung, Kaptein", sagte er. „Nehmen Sie mir das nicht übel, aber Keppen Brand hat gesagt, sie sollen ihn behandeln wie einen gewöhnlichen Decksjungen und keine Ausnahmen machen. Er soll hart erzogen werden, damit ein forscher Kerl aus ihm wird. Und er soll ruhig ins Logis zu den Leuten und nicht achtern in die Kajüte."

„Ich weiß, Hannes", erwiderte Ketelsen. „Es soll alles geschehen, wie sein Vater angeordnet hat."

Als der Schleppdampfer die Trosse los warf und sich auf den Rückweg machte, nahm er Hannes Geitau mit an Land, nachdem der alte Seefahrer kurz, aber unter hellen Tränen, von Gert Abschied genommen hatte.

Am folgenden Tag wurde der Junge der Mannschaft zugeteilt und erhielt im Logis eine Koje angewiesen. In die Mannschaftsliste trug der Schiffer ihn als Decksjungen ein. Als solcher hatte er nicht nur die Matrosen im Logis und achtern die Offiziere zu bedienen, sondern auch für das an Bord befindliche Vieh zu sorgen, das auf einem Fahrzeug von der Größe der *Käthe* freilich nur aus zwei Schweinen und drei Dutzend Hühnern bestand.

Drittes Kapitel

Gerts Schiffsmaaten. - Wie Jörn Puvogel einen Delfin harpuniert. - Die Geschichte von der Erfindung der Leesegel.

Mit einer frischen Backstagsbrise lief die *Käthe* durch die Nordsee, den Englischen Kanal und einen Teil der Biskayischen See. Sie blieb von dem rauen Winterwetter, den Schnee- und Hagelböen nicht verschont, da der Wind jedoch im allgemeinen günstig blieb, gelangte sie bald in die warmen südlichen Breiten.

Die Besatzung der Bark bezifferte sich alles in allem auf fünfzehn Köpfe: Kapitän Ketelsen, Obersteuermann Roller, zweiter Steuermann Schoof, Zimmermann Drews, der Koch, der Steward, acht Matrosen, und als letzter unser junger Held Gert Brand, der Spielvogel, als Deckjunge.

Der letztere hatte sich sehr bald mit seinen Logisgenossen befreundet, mit besonderer Vorliebe aber verkehrte er mit einem Matrosen, der den Namen Jörn Puvogel führte. Das war ein kurioses Menschenkind. Wer ihn zum ersten Mal sah, musste lachen. Das Haar lag ihm wie ein Bund Stroh über dem kupferfarbenen Gesicht, und strohgelb war auch sein zottiger Bart. Die Nase sah aus, als ob man sie ihm breitgeschlagen hätte, das ganze Gesicht war so hässlich wie nur möglich, mit Ausnahme der Augen, die waren dunkelbraun und blickten so ruhig, so treu und so klar, wie die eines großen Bernhardinerhundes. Ehe man sich an Puvogels Anblick gewöhnt hatte, war es schwierig, ihm gegenüber ernst zu bleiben, da er, ohne es zu wollen, fortwährend Fratzen schnitt und mit den großen Ohren wackelte, und dennoch musste man ihn von vornherein gern haben, seiner treuen Hundeaugen wegen.

Ungewöhnlich, wie sein Kopf, war auch sein übriger Körper. Er war kaum fünf Fuß hoch, dabei aber von gewaltiger Schulterbreite; seine muskulösen Beine waren nach außen gekrümmt, seine Arme über die Maßen lang und seine Hände so groß wie Ballastschaufeln, so dass kein Zweifel darüber obwalten konnte, dass er im Zorn ein gefährlicher Gegner sein musste.

Die übrigen Matrosen waren von der Art, wie man sie gewöhnlich auf deutschen Segelschiffen anzutreffen pflegte, brav, zuverlässig und unzufrieden. Seeleute sind immer unzufrieden, sie knurren, brummen und murren über alles an Bord. Der größte Knurrhahn auf der *Käthe* war der Obersteuermann Roller, und die Leute seiner Wache - der Backbordwache - vergötterten ihn fast deswegen. Es gab nichts, was ihn zufriedenstellen vermochte. War das Wetter gut, so murrte er, war es schlecht, dann knurrte er, und wenn die Mannschaft einmal etwas besonders Tüchtiges geleistet hatte, dann brummte er wie ein verdrossener Bär. Trotzdem stand er mit den Matrosen in diesem Einvernehmen.

Unter dem 18. Grad Nordbreite gelangte die *Käthe* in den Nordostpassat, der sie in schlanker Fahrt bis auf einen Grad an den Äquator heranbrachte. Die Reise sollte nach Kalkutta gehen.

Die Leute hatten sich bereits darauf gespitzt, an Gert die Linientaufe bei der Überquerung des Äquators vollziehen zu können, und auch schon die Vorbereitungen getroffen; allein aus diesem Vergnügen wurde nichts, da es sich herausstellte, dass der Decksjunge schon fünf Jahre zuvor die Linie passiert hatte, als der Vater ihn unmittelbar nach dem Tod der Mutter mit auf die Fahrt genommen hatte.

In dieser Breite geriet die Bark in eine Windstille. Sie lag beinahe regungslos auf der glasigen See, die Segel hingen schlaff, die Sonne brannte mit unbarmherziger Gewalt hernieder auf das blendend weiße Deck, und jeder sehnte sich danach, in der blauen klaren Flut außenbords Kühlung suchen zu können, was jedoch der in der Tiefe lauernden Haie wegen nicht ratsam war.

Dabei gab es Arbeit in Hülle und Fülle. Ein Schiff mag noch so gut getakelt und hergerichtet sein, zu tun gibt's immer an Bord, vom ersten Tag der Reise bis zum letzten. Der Obersteuermann benutzte die Gelegenheit, um die Stagen, Pardunen und Wanten frisch zu steifen, da diese Taue sich durch die Bewegungen des Fahrzeugs nach und nach zu lockern pflegen.

Als am dritten Morgen der Stille die Sonne aufging, vernahmen alle Mann mit großer Freude ein Plumpsen, Plätschern und Rauschen unter dem Bug; man eilte herbei und gewahrte eine große Herde von Delfinen, von denen Seeleuten Tümmler genannt, die dicht beim Schiff ihre Spiele und Sprünge ausführten.

„Hurra!", rief Jörn Puvogel, „heute gibt es frisches Fleisch zu Mittag!"

Dann rannte er achteraus und ließ sich vom Obersteuermann die Harpune geben, die dieser in seiner Kammer in Verwahrung hatte. Ein anderer hatte schon den Schaft dazu vom Zimmermann geholt und ein dritter kam mit der Leine herbei, die an dem Wurfgeschoß befestigt werden musste.

Wenige Minuten später stand Puvogel unten am Stampfstock frei über dem Wasser, die Harpune in der hoch erhobenen Hand. Die Delfine tummelten sich unter ihm hin und her, hoben sich aus der Flut, stießen mit lautem Geräusch den Atem aus ihren Blaslöchern, überschlugen sich in der Luft, tauchten weg und schossen unweit davon wieder empor. Es erschien grausam und sündhaft, den Tod dieser schönen, fröhlichen und harmlosen Geschöpfe zu entsenden, so dachte wenigstens Gert; Jörn aber war anderer Meinung, der hatte nur das so lange entbehrte frische Fleisch im Sinn.

Bald kam ihm einer der Delfine in den Wurf. Die Waffe sauste hinab, das widerhakige Eisen fuhr einem großen Delfin tief in den stahlblauen Rücken.

„Den hab' ich!", schrie Puvogel jubelnd.

„Hebt ihn herein!", rief er den Leuten zu, die die Harpunenleine hielten. „Gebt ihm Leine, sonst reißt er sich los! Und nun holt ihn mit einem Palstek über die Reling!"

Dies geschah, und bald lag der große, fette Delfin zappelnd an Deck. Man beeilte sich, den Qualen des armen Burschen durch einen Beilhieb auf den Kopf ein Ende zu machen, und dann wurde die Beute dem Koch überliefert.

Jörn harpunierte noch zwei von ihnen. Dann entfernte sich die Herde vom Schiff und war bald in der Ferne verschwunden.

Das Delfinfleisch ist dem Rindfleisch ähnlich und gebraten sehr wohlschmeckend. Zweimal taten alle Mann sich an den saftigen frischen Steaks gütlich, der Rest wurde eingesalzen.

Am Nachmittag dieses Tages konnte man in allen Himmelsrichtungen ferne Böen vorbeiziehen sehen, aber wo die *Käthe* lag, war die See spiegelglatt, und kein Lüftchen regte sich.

„Wer warten kann, kriegt seinen Teil", brummte einer der Matrosen, der auf den Namen Döschkopp hörte.

„Da hast du recht, mein Junge", sagte Jörn Puvogel. „Schau hin, da kommt noch was!"

„Schmeißt die Reuelfallen los!", brüllte Steuermann Roller.

Kaum war die Order ausgeführt, da brach auch schon eine schwere Bö über das Schiff her, füllte im Nu alle Segel, schob das Fahrzeug eine Strecke vorwärts und flaute dann beinah so schnell wieder ab wie sie gekommen war. Dem Wind folgte ein ungeheurer Regenguss, einer von den Wolkenbrüchen, denen man nur in den Tropen begegnet. Auch er hielt nicht lange an, und bald glitzerten die Strahlen der sinkenden Sonne in den Wassertropfen, die allenthalben an dem Holzwerk, den Leinen, Tauen und Segeln hingen.

„Das war eine feine Abkühlung, was, Gert?", sagte Jörn Puvogel zu dem Jungen, der triefend wie eine halb ertrunkene Katze vor ihm stand und eben erst wieder zu Atem gekommen war. „Von der Sorte gibt es noch mehr in dieser Gegend!"

Nach und nach kam eine leichte Brise durch, es folgte noch eine Reihe von Wind- und Regenböen, abwechselnd mit kurzen Stillen, und nach einigen Tagen passierte die *Käthe* den Äquator. Bald darauf kam sie in den Bereich des Südostpassates; die Rahen wurden angebrasst, und, scharf am Wind segelnd, gelangte die Bark bald wieder in ein kühleres Klima. Nach vierzehn Tagen sprang die Brise nach Nordwest herum, die Rahen wurden vierkant gebrasst und jeder Zoll Leinwand gesetzt, sogar die Bramleesegel mussten aufgebracht werden.

Diese günstige Brise aber hielt nur ungefähr zwölf Stunden an, dann flaute sie schnell zu völliger Windstille ab, so dass das Schiff in der schweren Dünung ganz ungebärdig zu schlingern begann.

Jetzt ließ Kapitän Ketelsen die alten Segel, die während der Fahrt durch die Tropen Dienste getan hatten, von den Rahen nehmen und andere aus neuem, starkem Segeltuch unterschlagen, denn das nun bevorstehende raue Wetter machte die zuverlässigste Leinwand erforderlich.

Bereits an demselben Abend kam wieder einiger Wind durch, und die Wache musste abermals Leesegel setzen. Diese Segel sind eine wahre Plage für die Mannschaft und werden daher auf allen Schiffen verwünscht und gehasst. Und nicht mit Unrecht. Sie verursachen eine Menge Arbeit und nützen herzlich wenig, denn selbst bei günstigstem Wind bringen sie das Schiff kaum um einen Knoten schneller vorwärts.

„Ich würde mich freuen, wenn der ganze verdammte Kram samt Spieren und Leinen zum Teufel fliegen würde", knurrte Döschkopp ingrimmig, als beinahe die ganze Mannschaft mit dem Aufbringen dieser unbeliebten Segel verschwendet worden war.

„Ja, und das alte Weib, das diese Biester erfunden hat", stimmte Jörn Puvogel bei.

Der in der Nähe stehende Gert hörte diese Reden der beiden alten Janmaaten.

„Hat wirklich eine alte Frau die Leesegel erfunden, Jörn?"

„Jawoll, Sohnemann, ein richtiges natürliches Weib, sogar eine Kapitänsfrau. Weiber gehen so leicht nicht zur See, wenn sie das irgend vermeiden können, aber ich habe Kapitänsfrauen kennengelernt, die beinahe seefester waren, als die ältesten Janmaaten."

„Wie kam aber jene alte Frau dazu, die Leesegel zu erfinden?", wollte Gert wissen.

„Das will ich dir sagen, Sohn", antwortete Jörn. „Es war einmal ein Schiffer, der nahm immer seine Frau mit sich an Bord, wie das dazumal meist überall Mode gewesen ist. Die eine Reise wurde sehr lang, wegen der Gegenwinde und der Windstillen, endlich aber raumte der Wind, und sie konnten die Rahen vierkant brassen. Die Frau hatte gerade große Wäsche gehabt und kam mit einem Eimer voll an Deck, um sie aufzuhängen.

Sie machte zunächst einen Besenstiel an der Besanwant fest, stagte ihn mit einer Leine auswärts und hängte zunächst ein Bettlaken daran auf, weil für mehr kein Platz war. Weil das Laken aber hin und her schlug, zurrte sie den einen Zipfel mit an Bord fest, und nun steht da das alte Laken und ist so voll wie ein Segel.

„Ludewig!", rief sie nun ihrem Mann. „Ludewig! Komm mal an Deck, ich will dir etwas zeigen!"

Der Kapitän sprang aus der Kampanjeluk und dachte, es sei wohl ein Schiff in Sicht.

„Sieh mal, Ludewig", sagte sie, „wie schön voll mein Laken steht. Könntest du nicht Segel machen lassen, die man auch so außenbords setzen kann?"

Der Schiffer überlegte sich das Ding eine Weile, und dann sagte er:

„Jawoll, meine Deern, das ist ein guter Gedanke."

Und es dauerte nicht lang, da ließ er alle Mann beigehen und aus sämtlichen alten Leinen, die sie an Bord hatten, Leesegel machen.

Und seit dieser Zeit haben alle Janmaaten jenes alte Weib und ihren Ludewig in den Abgrund der Hölle verwünscht."

Viertes Kapitel

*Wie Keppen Ketelsen und Steuermann Roller über
Dampfer denken. - Die Bark in der Windstille.
Der unzufriedene Rudersmann. - Sturmvorboten.*

Die steife nordwestliche Brise brachte die *Käthe* bald aus dem Bereich des guten Wetters und in die Breite des Kaps der Guten Hoffnung. Hier flaute der Wind beinahe gänzlich ab, und das Fahrzeug war haltlos der Gewalt der gefürchteten Kapdünung anheimgegeben, die in langer Schwell aus südlicher Richtung dahergerollt kam. Was an Wind noch vorhanden war, kam ebenfalls aus Süden, war jedoch so schwach, dass er nicht einmal die kleinen Obersegel füllen konnte. Das Klatschen der Segel gegen die Masten und Stengen, das unaufhörliche Knarren des Holzwerkes im Schiffskörper verursachte ein unangenehmes Geräusch.

„Ich hatte gemeint, dass der Nordwester uns um das Kap herumbringen würde", sagte Keppen Ketelsen, als er mit dem Obersteuermann auf der Steuerbordseite des Achterdecks hin und her schritt, „daraus ist aber nichts geworden."

„Nee, Kaptein", antwortete Roller, „zwanzigmal bin ich hier ums Kap gekommen, aber immer bei Sturm und Gegenwind, ganz gleich, ob auf der Ausreise oder auf der Heimreise, immer wehte es uns recht in die Zähne. Ob ich jedes Mal einen Jona an Bord gehabt habe, oder ob ich selber ein Jona bin, das kann ich nicht wissen, wenn wir aber nicht noch vor Tagesanbruch einen richtigen Orkan haben, dann will ich nicht Roller heißen."

„Licht vorne über Backbord!", kam der Ruf des Ausguckmannes von der Back her.

„Was für ein Licht kann das sein?", rief der Schiffer zurück.

„Ich denke, das ist die weiße Topplaterne von einem Dampfer", antwortete der Mann.

Keppen Ketelsen und der Obersteuermann sahen das Licht jetzt auch.

„Es wird ein aufgehender Stern sein", sagte der letztere, „vielleicht auch das Leuchtfeuer von Agulhas."

„Unsinn, Steuermann! Dann müssten wir uns ja höllisch verrechnet haben. Agulhas kann erst gegen Morgen in Sicht kommen, wenn der Wind nicht auffrischt. Laufen Sie mit dem Kieker nach vorn."

Roller tat wie ihm geheißen.

„Es kann nur das Topplicht eines Dampfers sein", sagte er, als er wieder auf dem Achterdeck war.

„Hol der Teufel die Dampfer!", rief der Schiffer unwillig. „Diese Qualmkästen sind ein Unfug! Ich halte es geradezu für Gotteslästerung, solche rußigen, stinkenden, schnaubenden Maschinen auf See herumrasen zu lassen. Wozu hat der Allmächtige den Wind geschaffen, wenn nicht, um Schiffe damit fortzubewegen? Die Zeiten sind anders geworden, seit ich jung gewesen bin!"

„Das sind sie, Kapitän, und wenn das so weiter geht, dann wird das mit den Fahrensleuten bald zu Ende sein. Es ist ein wahres Glück, dass wir keinen Dampfermatrosen an Bord haben."

„So lange ich hier Kapitän bin und Keppen Brand der Reeder dieser Bark ist, soll so ein Volk nicht angemustert werden", sagte Keppen Ketelsen.

Die beiden etwas antiquierten Seefahrer setzten ihren Gang fort, bis es acht Glasen schlug, dann kam die Steuerbordwache an Deck. Roller gab die Aufsicht über das Schiff an Schoof, den zweiten Steuermann, ab und suchte dann seine Kammer auf.

Der Kapitän ging ebenfalls hinunter in die Kajüte, sah nach dem Barometer und kam dann wieder an Deck.

„Das Quecksilber fängt an zu fallen, Steuermann", sagte er zu dem „Zweiten", „ich will daher schnell ein paar Augen voll nehmen, solange das Wetter noch ruhig ist. Diese südwestliche Schwell prophezeit einen Sturm; rufen Sie mich, wenn die Brise auffrischt."

„Jawoll, Kaptein."

Aber die Nacht blieb klar und still, und als nach vier Stunden die Backbordwache wieder an Deck kam, da war das Wetter noch unverändert dasselbe, nur die Brise war noch mehr abgeflaut. Steuermann Schoof hatte die Untersegel aufgeien und auch den Besan zusammenholen lassen; dadurch wurde das unablässige Geräusch etwas gemindert, aber die *Käthe* schlingerte und rollte noch immer so gewaltig, dass das Gehen an Deck fast unmöglich wurde. Wer von einem Ort zum anderen wollte, musste das zwischen zwei Schlingerbewegungen tun und dann auf den nächsten Koffeenagel oder sonstigen Anhalt zueilen und sich so lang festklammern, bis die Bark ebenfalls wieder auf dem toten Punkt angelangt war.

„Sie steuert nicht mehr", sagte Schoof, als er die Wache wieder an den Obersteuermann abtrat, „wenn sie aber wieder steuert, dann ist der Kurs Ost-Südost. Ich denke aber, wir kriegen bald was."

„Wir werden schon was kriegen", entgegnete Roller, „das kann aber noch ein bisschen dauern. Während ihrer Wache zur Koje werden sie nicht ausgepurrt werden. Solange Sie mein Schiffsmaat sind, werden Sie stets finden, dass immer nur meine Wache aus dem Schlaf gepurrt wird; ich bin entweder selber ein Jona, oder mein Vater ist einer gewesen." Dann drehte er den Kopf nach dem Rudersmann um.

„Was liegt an?", fragte er.

„Die Kompasslampe ist ausgegangen", antwortete der Matrose.

„Gert!", rief Roller.

„Jawoll, Steuermann!", kam des Jungen dünne Stimme, und im nächsten Moment kam er selber die Achtertreppe herauf.

„Licht ins Kompasshäuschen!", befahl der Obersteuermann.

„Jawoll, Steuermann!"

Als die Kompass-Scheibe wieder erhellt war, sah Roller, dass der Bug des Schiffes direkt nach Norden wies.

„Die *Käthe* scheint nach Hause zu wollen", scherzte er. „Möchtest du, dass es jetzt heimwärts ginge, Gert?"

„Nein, das wäre zu früh", antwortete der Junge.

„Weil das noch zu wenig Geld bei der Ausmusterung geben würde", bemerkte der Rudersmann.

„Ihr Leute habt immer nur das Geld im Kopf", entgegnete der Obersteuermann. „An die Ehre, die vaterländischen Erzeugnisse über die See und nach fernen Ländern bringen zu dürfen, daran denkt ihr nicht."

Er sagte dies im Ton scherzhaften Vorwurfs.

„Vaterländische Erzeugnisse!", knurrte der Matrose. „Ja, auf die bin ich vor allem stolz, wenn ich mir das Essen hier an Bord anschaue. Nee, Steuermann, an das bisschen Heuer denke ich nicht, aber wenn ich mir die schlechte Kost anschaue ..."

„Nun halt an!", unterbrach ihn der Obersteuermann. „Der Proviant, den wir an Bord haben, ist gut."

„Ja, gut für Janmaaten ... ja."

„Was verlangt ihr? Konfitüren oder Fruchteis zur Erbsensuppe? Das sind wieder die verdammten Dampfer, die die Seeleute verwöhnen. Ihr solltet euch was schämen, in Gegenwart von dem Jungen so einen Kram zu erzählen! Nicht wahr, Gert, du bist zufrieden mit dem, was du kriegst, und würdest gar nichts anderes mögen."

Gert lachte.

„Lassen Sie mich bloß mal fünf Minuten in des Stewards Pantry", sagte er, „dann sollten Sie bald sehen, ob ich was anderes möchte oder nicht!", sagte er.

Seit jener ersten Nacht an Bord, wo er in einem Stück Schiffsbrot den höchsten Genuss sah, hatte sich sein Geschmack gewaltig geändert.

Roller war noch nicht zwei Stunden an Deck, da stieg im Südwesten eine große schwarze Wolkenbank auf.

„Da kommt was", sagte er zu dem Rudersmann. Dann sah er nach dem Barometer; das fiel noch immer. Über der Wolkenbank ging der Mond auf, rot und zornig, nichts Gutes verheißend.

Aber der Morgen kam und der Mittag, und noch war alles ruhig, und nach wie vor rollte die Bark auf der hohen Dünung.

Die Wolkenbank hing über dem Horizont, wie von einer geheimnisvollen Macht dort zurückgehalten, als warte der Sturm auf das Signal zum Losbrechen, um dann Tod und Verderben über alles zu bringen, was er auf seinem Weg fände.

Fünftes Kapitel

Gerts Misserfolg auf der Marsrahe.
Jörn erzählt das Abenteuer mit den blinden Passagieren.
Warum der Schiffer das Großboot aussetzen lässt.

Gegen vier Glasen (zwei Uhr) am Nachmittag sprang eine Brise auf, die mit großer Schnelligkeit an Stärke zunahm. Während der Nacht schwoll sie zum Orkan an, und am nächsten Morgen bei Tagesanbruch lag die *Käthe* in einem heulenden Orkan beigedreht. Die Bark führte nur noch das dichtgereefte Großmarssegel, das Sturmstagsegel und das Vorstengestagsegel. Sie lag ziemlich ruhig, hob und senkte sich mit den gewaltigen Seen, ohne viel Wasser überzunehmen; nur ab und zu brach ein Berg grünen schäumenden Wassers zischend, brausend und donnernd über den Bug herein. Die schwarzen Wolkenmassen, die so lange über dem Horizont gehangen, waren verschwunden, ein einförmiges Milchgrau überzog das ganze Firmament, und gelegentlich fegten Regen- und Schneeböen über die tosende Flut.

Um die Mittagszeit raumte der Wind mehr nach Süden; das war eine günstige Richtung, und gern hätte Keppen Ketelsen jetzt das Vormarssegel setzen lassen, aber er wagte es nicht, da die Brise eher noch an Stärke zunahm, als schwächer wurde.

„Da liegt nun der Kasten und treibt nach Lee zu wie eine Krabbe", sagte er zu dem Obersteuermann. „Wenn der Kerl, der am Blasebalg steht nicht so unvernünftig arbeiten würde, dann könnten wir ein Reef setzen und das Kap ordentlich umfahren."

„Das Vormarsseil ist ganz neu, und die Bark kann das wohl vertragen", antwortete Roller.

„Nee, das kann sie nicht, außerdem gibt es noch mehr Wind", sagte der Schiffer.

Er behielt recht. Als der Abend kam, wurde aus dem Sturm ein regelrechter Orkan, der dem Schiffsvolk beinahe die Haare mit den Wurzeln ausriss und vom Kopf wehte.

Die Nacht wurde pechschwarz. Das Kreischen des Windes in der Takelung, das Geknarr und Gestöhn im Rumpf des

Schiffes, das Zischen der über die Reling hereinpeitschenden Spritzer und das Brausen und Brüllen der See machten das Herz unseres Gert erzittern. Er wünschte sich fort aus diesem Graus und sicher daheim, wo der alte Hannes ihm so manchmal von Sturm und Schiffbruch erzählt hatte. Das hatte sich besser angehört, als diese fürchterlich tobende Wirklichkeit. Damals saß er mit dem alten Fahrensmann gemütlich am warmen Kamin, und jetzt stand er auf dem von Wind und Salzwasser gepeitschten Deck, halb erfroren und bis auf die Haut durchnässt, und hielt sich mit erstarrten Fingern krampfhaft an der Heckreling fest.

Gegen Mitternacht flaute der Wind merklich ab, so dass Keppen Ketelsen beschloss, das Vormarssegel zu setzen. Auf seinen Befehl sprangen Gert und ein Matrose hinauf, als unser Held aber auf der Rahe angelangt war, da bemühte er sich vergeblich, mit den verklammten Fingern, die Zeisinge zu lösen, die von der Nässe so hart und steif geworden waren wie Eisen.

„Lass mal, Junge, quäl dich nicht, das schaffst du nicht", sagte sein Gefährte, „geh wieder an Deck, ich besorge das ganz allein."

Gert schämte und ärgerte sich, es blieb ihm aber nichts übrig, als der Weisung zu folgen.

Das Segel wurde gesetzt, und die Bark begann sogleich den Druck desselben zu spüren. Sie begrub ihre Nase samt Klüverbaum und Bugspriet in der tosenden Flut und nahm eine See über, die der Wachmannschaft die Beine unter dem Leib wegriss und alle Mann in einem Wirbel kochenden Schaums achteraus bis an die Wand der Kajüte spülte.

Der Wind hatte nachgelassen, aber die See blieb so hoch wie zuvor. Sie brach über die Back herein, riss zehn Fuß von der vorderen Verschanzung auf Steuerbord fort, und als die Backbordwache zur Koje ging, da fand sie das Logis halb voll Wasser, das mit den Bewegungen des Fahrzeugs gewaltsam von einer Seite zur anderen rauschte. Die unteren Kojen waren durchnässt, die Leute legten sich mit ihrem Ölzeug hinein, und ihr einziger Trost waren ihre Pfeifen.

Gert, der noch zu jung zum Rauchen war, suchte sich an einem Stück Hartbrot schadlos zu halten. Trotz des nassen Lagers und seiner ebenso nassen Kleider war er bald in tiefen Schlaf gesunken.

Als des Obersteuermanns Wache nach vier Stunden wieder ausgepurrt wurde, da hatte die *Käthe* das Kap der Guten Hoffnung passiert und lag mit Backstagswind auf ihrem Kurs Nordost zu Ost. Die Steuerbordwache, die unter dem „Zweiten" stand, hatte die Fock und das Großsegel gesetzt und ein Reff aus dem Großmarssegel genommen, und so verfolgte die Bark wieder mit schlanker Fahrt ihren Weg. Zwei Tage wehte es noch ziemlich hart, so dass unsere Freunde bald in ein wärmeres Klima gelangten.

„Diese Brise wird nicht mehr lange anhalten", sagte der Kapitän zu Schoof, als der Morgen des dritten Tages zu grauen begann. „Sobald die Bark es vertragen kann, müssen wir ihr mehr Leinwand geben. Das Barometer steigt, darum will ich mich noch eine Stunde oder so in die Koje stauen. Purren Sie mich aus, wenn's nötig ist."

Während der Frühstunden flaute der Wind so erheblich ab, dass der zweite Steuermann sämtliche Segel losmachen lassen konnte und der Schiffer, der seit Beginn des Sturmes die Kleider nicht abgelegt hatte, nicht aus dem Schlaf gestört zu werden brauchte.

Am Nachmittag kam ein Segler in Sicht, dem sich die *Käthe* bei Sonnenuntergang bis auf wenige Meilen genähert hatte. Der Fremde hatte auf kein Signal Antwort gegeben, und es waren keine Segenswünsche, mit denen man ihn in der Dunkelheit wieder aus den Augen verlor.

In jener Nacht war von acht bis zwölf die Backbordwache an Deck. Es herrschte beinahe Windstille. Jörn Puvogel hatte sich um vier Glasen (zehn Uhr) seine Pfeife aus seiner Koje geholt, um in der Kombüse heimlich ein paar Züge zu tun, denn während der Wache an Deck soll nicht geraucht werden.

Auf der Bank in der Kombüse fand er Gert, der sich dort wärmte.

„Oh, Jörn", sagte dieser, „das trifft sich gut! Jetzt kannst du mir erzählen, wie ihr beide, du und der Steuermann Roller, damals auf See ausgebrannt seid."

„Dummes Gerede, Junge! Wenn wir abgebrannt wären, würden wir nicht mehr leben", antwortete der Matrose.

„Du weißt, was ich meine. Also erzähle."

„Viel gibt es da nicht zu erzählen, aber ein Wunder war das doch, dass wir beide nicht gebraten wurden. Ein gebratener Janmaat, denk' dir das mal, Gert. Der Gedanke muss ja einen Hai krank machen."

„Erzähle doch, Mensch! Bei der Stille gibt's an Deck nichts zu tun."

„Na dann hör zu. Steuermann Roller war damals noch Speckschneider, was soviel heißt wie Zweiter, und ich war ein einfacher Janmaat, was ich heute noch bin und ewig bleiben werde. Unser Schiff hieß Habicht, wir kamen von Port Morant auf Jamaika mit einer Ladung Zucker und Rum und anderem Kram. Wir waren zwölf Stunden in See, da kamen zwei blinde Passagiere an Deck, die heimlich an Bord gekommen waren und im Raum versteckt gelegen hatten. Roller hatte gerade die Wache. Die Kerls kamen aus der Vorluk gekrochen und standen nun da und schnitten Gesichter, weil die Sonnen ihnen in die Augen schien, und sie doch vorher in Finsternis gesessen hatten.

„Hallo!", sagte Roller auf Englisch, „wo kommt ihr denn her?"

„Wir kommen aus dem Hellegat", sagte der eine, auf so eine Art Englisch.

„So, also daher", sagte Roller. „Dann geht mal wieder runter, wir können euch hier an Deck nicht brauchen. Oder wartet mal, ich werde euch dem Kapitän melden, der weiß mit solchen Burschen umzugehen."

Der Schiffer ließ sie achteraus kommen und fragte, was sie wären, Seeleute oder entsprungene Verbrecher. Sie sagten, sie wären Seeleute und wollten nach Europa. Da schickte der Schiffer sie nach vorn und ließ ihnen zu essen geben.

Der Koch brachte ihnen von Back ein madiges Brot und einen Klumpen stinkendes Salzfleisch. Da hättest du sie zulangen sehen sollen! Das Futter hätte für sechs Mann gereicht, aber es blieb nichts übrig.

Als sie satt waren, kam Steuermann Roller nach vorn und rief sie aus dem Logis an Deck. Er hatte zwei alte Konservenbüchsen voll Stangenschmiere mitgebracht, die an Bändseln hingen, damit sollten sie in den Vor- und Großtopp gehen und die Oberbramstangen schmieren.

Die beiden rührten sich nicht.

„Wisst ihr nicht, wo die Oberbramstangen sind?", fragte Roller.

„Wir verstehen bloß Spanisch", antworteten die Kerle. Jetzt zeigte er ihnen die Stangen, aber das half auch nichts.

„Seeleute seid ihr nicht", sagte er, „ihr müsst also ausgebrochene Sträflinge sein, sonst hättet ihr euch nicht hier an Bord heimlich weggestaut."

Er holte ein paar Stücke Sandstein, damit sollten sie das Deck scheuern. Sie stellten sich aber so dumm dabei an, dass er die Geduld verlor und ihnen einen Eimer Wasser über die Köpfe goss. Da sprang der eine auf und schlug ihm den Stein auf den Kopf, dass er besinnungslos niederstürzte, und zugleich fing der andere an, ihn mit den Füßen zu bearbeiten.

Der Schiffer hörte den Lärm, kam pustend wie ein Walfisch nach vorn gelaufen, denn er war sehr wohlbeleibt, und ging auf den Kerl los, der den Steuermann mit Füßen stieß. Da aber sprang ihm der andere auf den Rücken, fasste seine Ohren und hing an ihm wie ein Affe.

„Steward! Zimmermann!", schrie der Schiffer. „Bringt die Eisen, schnell!"

Der Steward kam angerannt, und um den Kapitän von dem auf ihm sitzenden Halunken zu befreien, sprang er seinerseits diesem auf den Buckel und packte ihn bei den Ohren. Jetzt hatte der Schiffer zwei zu tragen, und in seiner Wut brüllte er wie ein Stier. Alle Mann kamen angelaufen, aber keiner half ihm, denn sie konnten's nicht vor Lachen. Endlich erschien der Zimmermann mit den Eisen. Er war ein großer starker Mensch und hatte in weinigen Minuten die Meuterer dingfest gemacht.

„In den Kettenkasten mit den Hunden!", schnaufte der Schiffer. „Und ihr da, die ihr grinst wie die Hyänen, während euer Kapitän ermordet wird, gießt Wasser über den Steuermann, damit er wieder zu sich kommt!"

Roller hatte ja nun weiter keinen Schaden gelitten, und als die Kerle drei Tage auf der Ankerkette in dem engen Kasten gelegen hatten, da ließ der gutmütige Kaptein sie wieder an Deck kommen. Gutmütigkeit gegen solche Halunken ist immer Dummheit, merk dir das, Sohnemann!"

Ein paar Nächte später kriegten wir schlecht Wetter. Alle Mann waren oben, Segel zu bergen, und keiner dachte an die beiden Kerle. Auf einmal schlug eine mächtige Flamme aus der Logisklappe, beinahe so hoch wie die Fockrahe. Bei dem Schein sahen wir, wie die Kerle auch das große Fass Paraffinöl, das unter der Back festgelascht war, in Brand steckten und dann umschmissen, so dass die Flammen über das Deck und aus den Speigaten liefen. Öl schwimmt, und bald war das ganze Schiff von Feuer umgeben.

Einer der Schurken mochte wohl einen Schreck gekriegt haben, denn er sprang über Bord und sackte sofort weg. Der andere wollte ihm nach, aber der Steuermann riss ihn zurück.

Das Schiff war verloren, das sahen wir klar. Wir hatten nur drei Boote an Bord. Zwei fingen Feuer, ehe wir sie aussetzen konnten, das dritte aber kriegten wir glücklich zu Wasser. Als wir alle drin saßen, wurden wir gewahr, dass außer dem einen Verbrecher auch unser Schiffer zurückgeblieben war.

„Kommen Sie, Kaptein!", schrien wir ihm zu, „das Feuer schließt das Boot ein!"

Die See rund um das Schiff war ein Feuer, bloß die Stelle achter dem Heck, wo wir lagen, war noch frei.

„Macht, dass ihr fortkommt!", rief er zurück. „Da ist kein Platz mehr in dem kleinen Boot für so einen Dicken wie ich es bin!"

„Wenn Sie nicht kommen, dann bleiben wir hier liegen und verbrennen!", antwortete Steuermann Roller. „Nicht wahr, Maaten?"

„Jawoll!", riefen alle Mann.

„Was soll mit dem Verbrecher geschehen?", fragte der Schiffer. Er meinte den Brandstifter.

„Lass ihn schmoren und braten! Kommen Sie, Kaptein, oder wir braten alle!"

Just da fing das Achterdeck an zu brennen, und jetzt sprang der Schiffer über Bord. Wir fischten ihn auf und machten, dass wir fortkamen."

„Und was wurde aus dem Brandstifter?", fragte Gert voll Spannung.

„Den hatte Roller, ehe wir ins Boot gingen, an den Kreuzmast festgezurrt, der Schiffer aber schnitt ihn im letzten Moment wieder los. Er brüllte und heulte und flehte, wir sollten ihn mitnehmen, das aber war unmöglich, und wenn er auch so schuldlos wie ein Engel gewesen wäre, denn das Boot war zum Sinken voll. Da sprang er über die Reling, und als er wieder auftauchte, da war das brennende Öl auch unter dem Heck, und er war mittendrin.

Hättest hören sollen, wie er kreischte! Aber wir konnten ihn nicht retten, auch wenn wir's gewollt hätten. Als er verschwand, rief der gutherzige Schiffer ihm nach: ‚Gott verzeihe dir, wie wir dir verzeihen!' Ich weiß nicht, ob alle Mann damit einverstanden gewesen sind. Am folgenden Tag wurden wir von einem holländischen Schoner an Bord genommen ... Hallo!", rief der Erzähler, plötzlich abbrechend und aus der Kombüse stürzend. „Dort brennt ein Schiff!"

Der Obersteuermann hatte vom Kampanjedeck aus mit Jörn zugleich das Feuer wahrgenommen.

„Gert!", grölte er.

„Jawoll, Steuermann!", antwortete der Junge und kam im Nu die Achterdeckstreppe emporgesprungen.

„Lauf und purre den Kaptein aus und sage ihm, dass da ein Schiff brennt, Steuerbord voraus."

Nach wenigen Minuten war Keppen Ketelsen an Deck. „Das ist der ungehobelte Kerl, der heute Nachmittag nicht auf unsere Signale geantwortet hat", sagte er. „Ich denke, nun wird er froh sein, wenn er uns zu sehen kriegt. Brennen sie ein Blaufeuer ab, Steuermann, damit die armen Teufel wissen, dass

Christenmenschen in der Nähe sind, die gerne helfen wollen, wenn sie allein mit dem Feuer nicht fertigwerden.

Das Blaufeuer leuchtete weit über die See hinaus, aber von dem brennenden Schiff kam keine Antwort.

„Das müssen sie doch eigentlich gesehen haben", brummte der Schiffer kopfschüttelnd. „Rufen Sie alle Mann an Deck, wir wollen ihnen eine Bootsmannschaft zu Hilfe schicken."

Taljen wurden aufgebracht, und das schwere Großboot, das teils auf dem Galgen, teils auf dem Roof festgelascht war, nicht ohne Mühe über die Seite geschwungen und zu Wasser gebracht.

Sechstes Kapitel

„Auf dem Schiff dort, geht es nicht mit rechten Dingen zu."
Ein trauriger Fund. - Der neidische Jörn. - Ein Begräbnis.
Ein geheimnisvoller Hilferuf. - „Da haben wir den Geist!"

Schoof, der zweite Steuermann und sechs Matrosen sprangen hinein und rojten dem brennenden Fahrzeug zu. Die See lag so ruhig wie ein Teich, die braven Janmaaten arbeiteten mit solcher Kraft und gutem Willen, dass das schwere Fahrzeug wie ein Rennboot dahinrauschte.

Nach einer Weile stieß es plötzlich gegen einen treibenden Gegenstand an.

„Langsam!", rief der Zweite. „Streichen überall!"

Zugleich ergriff er den Bootshaken und zog das schwimmende Ding langseit. Ein paar Mann griffen danach und holten es binnenbords.

„Oha!", rief einer erschrocken, „ein toter Mensch!"

„Hat einer von euch ein Zündhölzchen bei sich?", fragte Schoof.

Eine Schachtel kam zum Vorschein.

„Ja", sagte Schoof, als der schwache Lichtschein auf den Schwimmenden fiel, „der ist tot. Er kann aber noch nicht lange tot sein. Legt ihn über die Ducht, dass das Wasser aus ihm herausläuft, vielleicht kriegen wir ihn wieder lebendig."

Es geschah wie er befohlen.

„Nee, Leute", sagte jetzt einer der Matrosen, „der Mann ist nicht ertrunken, der wurde umgebracht! Leuchte mal hierher ... da, ja ... hier ist ein Messerstich in der Schulter. Auf dem Schiff geht es nicht mit rechten Dingen zu.

Schoof untersuchte den Toten genauer. „Dem können wir jetzt nicht mehr helfen", sagte er. „Nach dem Zeug, das er trägt, ist es ein Kapitän gewesen. Das Feuer ist nicht zufällig ausgebrochen."

„Sollen wir ihn wieder über Bord hieven?", fragte ein Matrose.

„Nein, legt ihn hier achtern in die Sternschoten, und dann vorwärts zu dem Schiff."

Nach einer Viertelstunde harten Rojens hatten sie das Fahrzeug erreicht. Es brannte in seiner ganzen Ausdehnung. Alle drei Masten waren verschwunden. Ein Blick genügte, um zu erkennen, dass da kein lebendes Wesen mehr an Bord sein konnte. Von den Booten war nichts zu sehen.

„Das Feuer ist an mehreren Stellen zugleich angelegt worden", sagte der Zweite. „Wollen rund herum rojen, vielleicht kriegen wir ein Boot in Sicht."

Die Flammen verbreiteten einen Kreis grellen Lichtes und ließen die übrige See pechschwarz erscheinen.

„Können Sie ihn nicht ein bisschen zudecken, Steuermann?", sagte einer der Leute, auf den Leichnam deutend, dessen weißes Gesicht von dem Feuerschein schauerlich beleuchtet wurde.

Schoof zog seinen Rock aus und deckte ihn über den Toten.

Da ein weiteres Umherkreuzen keinen Zweck hatte, steuerte das Boot wieder der *Käthe* zu, deren Bordlaterne eben noch zu erkennen war. Die Leute rojten aus Leibeskräften, da die Gesellschaft des stummen Passagiers ihnen unheimlich war. Die Bark war bald erreicht, das Boot wurde aufgeheißt, der tote auf dem Achterdeck niedergelegt und mit einer Flagge zugedeckt.

„Wir wollen ihn uns bei Tageslicht näher ansehen", sagte Keppen Ketelsen. „Ich glaube sicher, dass da Verbrechen begangen sind. Möglich, dass wir bald auch welche von der Mannschaft an Bord kriegen."

Das fremde Schiff brannte noch einige Stunden und sank kurz vor Tagesanbruch in die Tiefe. Bis dahin hatte sich kein Boot der *Käthe* genähert, obgleich diese in kurzen Zwischenräumen Blaufeuer gezeigt hatte, um etwaigen Schiffbrüchigen ihre Richtung anzugeben, wenn ihre Seitenlichter nicht genug sichtbar sein sollten.

Als es hell geworden war, besichtigte man den Leichnam. In seinen Taschen fanden sich keinerlei Papiere, wohl aber hatte er ein Messer bei sich, auf dessen Schale die Buchstaben P.D. und der Schiffsname *Thetis* eingegraben waren.

„Der Mann ist ohne Zweifel der Kapitän eines Fahrzeugs gewesen, wahrscheinlich von dem, das da verbrannt ist", sagte Keppen Ketelsen. „Er ist meuchlings ermordet worden, das beweist der Stich im Rücken. Uns bleibt nur übrig, ihn christlich zu bestatten. Lassen Sie ihn einnähen, Steuermann, und melden Sie mir, wenn alles klar ist."

Der Steuermann rief Jörn Puvogel achteraus, gab ihm ein Stück Segeltuch und beauftragte ihn, den Leichnam vorschriftsmäßig einzunähen.

Jörn brummte über Verschwendung, als er das Segeltuch betrachtete.

„Ganz neues Segeltuch ist das, da hätte man eine feine Jacke draus machen können!"

„Der tote Mann ist ein Kaptein gewesen!", entgegnete Roller. „Nähen Sie ihn ein, da wird wohl auch noch ein Stück Tuch für Sie übrigbleiben. Und beneiden Sie den armen Teufel nicht, um sein Totenhemd."

Jörn arbeitete mit Eifer und hatte bald sein Werk vollendet. Die Mannschaft erhielt den Befehl, sich um sieben Glasen (halb zwölf Uhr) für die Leichenfeier bereit zu halten.

Hell strahlte die Sonne vom wolkenlosen Firmament auf die *Käthe* hernieder als die Leute sich am Backbord-Fallreep versammelten, um den fremden Seefahrer in sein nasses Grab zu senken.

Kapitän Ketelsen stand in seinen Feiertagskleidern oben an der Galerie des Achterdecks.

„Leute", sagte er, „wir sind hier versammelt, um den Leib eines Mitmenschen zu bestatten, der durch die Hand eines Mörders vorzeitig vom Leben zum Tod befördert worden ist. Es sei dies eine Mahnung für jeden von uns, allezeit mit Gott versöhnt und zum Sterben bereit zu sein. Wenn ich mich nicht täusche, ist er ein deutscher Landsmann gewesen. Steuermann Roller, kommen Sie einen Augenblick zu mir herauf."

Der Steuermann sprang die Treppe hinauf.

„Hören Sie", sagte der Schiffer mit gedämpfter Stimme zu ihm, „etwas macht mich noch bedenklich, nämlich wir wissen nicht, was er für eine Religion gehabt hat."

„Ach was, Kaptein", entgegnete Roller ein wenig verwundert, „darauf kommt es doch nicht mehr an. Er ist sicher ein Christenmensch gewesen, das genügt doch wohl. Los jetzt."

„Sie haben recht", nickte der Schiffer und schlug das Neue Testament auf. Die Leute entblößten ihre Köpfe, während er mit kräftiger Stimme ein Kapitel vorlas. Darauf beteten alle Mann andächtig das Vaterunser und schlossen mit dem Amen.

Der Leichnam lag auf einem von zwei Mann emporgehaltenen Brett, dessen anderes Ende auf der Reling ruhte. Auf ein Zeichen des Obersteuermannes wurde das Brett emporgekippt ... ein Aufrauschen der Flut, einige Schaumblasen, und der ermordete Seefahrer verschwand in der blauen Tiefe.

Der Schiffer ging in die Kajüte, um das Geschehnis in das Logbuch einzutragen, die Mannschaft zerstreute sich nach vorn.

„Ich denke, jetzt wird's bald eine gute Brise geben", sagte der Schiffer zum Obersteuermann, als er wieder an Deck gekommen war.

„Das denke ich auch", antwortete Roller. „Wenn einer begraben oder wenn ein Schwein an Bord geschlachtet worden ist, dann gibt es in der Regel günstigen Wind."

Dies traf auch in diesem Fall ein. Bereits am Nachmittag schob sich die Bark mit einer Fahrt von fünf Knoten durchs Wasser.

Gegen vier Glasen (zehn Uhr) in der ersten Nachtwache fiel eine Bö über das Fahrzeug her; sie richtete jedoch keinen Schaden an, da Roller noch rechtzeitig die Oberbramsegelfallen losgeworfen hatte. Vorsichtshalber ließ er nun alle leichten Segel freimachen, da der Wind unstetig wurde. Plötzlich kam eine zweite Bö herangebraust; sie warf das Schiff heftig auf die Seite, so dass alles, was nicht fest war, nach See herunterstürzte. Ihr folgte ein schwerer Regenguss und undurchdringliche Finsternis.

Puvogel und Gert waren mit dem Aufschießen des laufenden Gutes in der Nähe des Achterdecks beschäftigt. Auf einmal hob der Matrose horchend den Kopf.

„Hallo!", sagte er. „Was war das?"

Gert hatte nichts mitbekommen.

Am Ruder stand der Matrose Döschkopp. Jörn trat an ihn heran.

„Hast du etwas gehört?", fragte er. „Horch! Da ist irgendetwas!"

„Gewiss, ich habe auch etwas gehört", sagte Döschkopp, „und ich weiß auch, was das ist."

„Hilfe! Hilfe!", rief eine Stimme, die von unterhalb des Hecks der Bark heraufzutönen schien.

„Das ist der Geist von dem Mann, den wir heute begraben haben", sage Döschkopp. „So etwas bringt immer Unglück."

Inzwischen war der Steuermann achteraus gekommen.

„Was meint Ihr, was das wohl ist, Jörn?", fragte er.

„Döschkopp sagt, das ist der Geist von dem toten Mann", antwortete der Matrose.

Wieder kam die Stimme aus der Dunkelheit herauf: „Hilfe! Hilfe!"

Sie schien schwächer geworden zu sein.

„Spring in die Kajüte, Junge, und sage Keppen Ketelsen Bescheid", befahl Roller.

Gert gehorchte, und gleich darauf erschien der Schiffer an Deck. In demselben Augenblick wiederholte sich der Ruf.

„Da ist doch keiner von unseren Leute über Bord gefallen?", fragte der Schiffer.

„Nein, es könnte höchstens einer von der anderen Wache sein."

„Puvogel, gehen Sie ins Logis und sehen Sie, ob die Leute von der Steuerbordwache alle in ihren Kojen liegen."

„Alle vorhanden, schnarchen wie die Eber", meldete der zurückkommende Jörn."

Der Ruf wiederholte sich in den Zwischenräumen während der ganzen Nacht, manchmal lauter, manchmal schwächer.

Als die Backbordwache um vier Uhr morgens wieder an Deck kam, meldete der zweite Steuermann dem ersten, dass sich während der letzten Stunde nichts mehr hätte hören lassen.

„Na, dann hat der Geist bloß auf uns gewartet", sagte Roller, „denn eben ruft er wieder, hören Sie's?"

„Hilfe, Hilfe!", scholl es gespenstisch durch die Dunkelheit.

Kurz vor Tagesanbruch flaute der Wind ab. Als die Leute ihren Kaffee getrunken hatten, ließ der Obersteuermann eilig die Gig zu Wasser bringen, und er selber, Döschkopp und Puvogel gingen hinein. Sie glitten den Strak entlang und verschwanden unter dem Heck. Sogleich hörte man an Deck einen wilden Schrei und einen Plumps ins Wasser.

Dann erschien die Gig wieder, auf ihrem Boden lag ein triefender, anscheinend lebloser Mensch.

„Da haben wir den Geist!", rief Roller dem über die Reling blickenden Schiffer zu. „Er hing an dem großen Ringbolzen, der noch von der letzten Ausbesserung im Ruder sitzt. Der arme Kerl ist mindestens halbtot. Es ist kaum begreiflich, wie er sich da solange hat festhalten können."

Man zog den Mann in einem Palstek an Deck, wo alles aufgewendet wurde, ihn wieder ins Leben zurückzurufen. Nach Verlauf einer Stunde schlug er die Augen auf. Er blickte verstört um sich, sprang mit einem wilden Schrei in die Höhe, stürzte jedoch sogleich in höchster Erschöpfung wieder nieder und blieb regungslos liegen, allerlei verworrenes Zeug von Mord und Meuterei und Feuer vor sich hinlallend.

Siebentes Kapitel

Die Schiffbrüchigen. - Warum Keppen Rappo erschrak.
„Die zehntägige Bootsfahrt ist eine verdammte Lüge."
Der Name am Boot.

Die Windstille währte den ganzen Tag. Der Kapitän hatte den unglücklichen Mann in eine leere Kammer des Achterhauses schaffen lassen. Hier lag er in einer Unterkoje und wehklagte und tobte in rasendem Fieber, so dass es über das ganze Schiff zu hören war. Keppen Ketelsen selber beaufsichtigte ihn und wich fast den ganzen Tag nicht von seiner Seite, bis er endlich am Abend vom Schlaf überwältigt wurde.

Jetzt übergab der Schiffer den Patienten der Obhut des Stewards.

„Ich muss an Deck, mich ein bisschen zu erholen", sagte er. „Rufen Sie mich, wenn er wieder aufwacht."

Mit neugierig fragendem Blick trat ihm auf dem Kampanjedeck der Obersteuermann entgegen.

„Ich glaube, ich weiß jetzt ziemlich genau, wie sich die Sache mit dem verbrannten Schiff verhält", sagte der Schiffer. „Der arme Mensch hat den ganzen Tag phantasiert und gejammert, wie sie den Kapitän totgestochen und wie sie ihn selber über Bord gehievt hätten. Ich wusste gleich, dass es da nicht mit rechten Dingen zugehen konnte. Die Mannschaft hat das Schiff in Brand gesteckt und ist dann in die Boote gegangen. Die Leute müssen uns gesehen haben und wären auch gekommen, wenn sie von uns aufgenommen sein wollten; aber sie hatten schlechte Gewissen und werden nun wohl irgendwo Land anzulaufen suchen. Es mag aber auch sein, dass sie uns doch noch vor den Bug kommen."

Die Nacht war klar, aber ohne Mond. Gegen Mitternacht begab sich der Schiffer wieder zu seinem Patienten, dem er vorsichtshalber gleich zu Anfang die Füße mit Schiemannsgarn gefesselt hatte, damit er nicht in einem unbewachten Moment an Deck laufen und sich in seinem Wahn über Bord stürzen konnte.

„Licht Steuerbord voraus!", grölte der Ausguckmann.

Der Steuermann trat an die Reling, sah aber nichts.

„Wo soll das Licht sein?", rief er.

„Diesen Augenblick ist es nicht mehr zu sehen!"

„Du hast wohl geschlafen!", entgegnete Roller unwillig.

Im nächsten Moment aber wiederholte der Mann in triumphierenden Tönen die Meldung: „Licht Steuerbord voraus!"

Jetzt sah es auch der Steuermann. Ein kleines flackerndes Flämmchen, das gleich darauf wieder verschwand.

Er begab sich nach vorn.

„Was mag das sein?", sagte er zu Döschkopp, denn der war's, der Ausguck hielt.

„Ich denke mir, das ist ein Boot", antwortete der Matrose. „Da ist das Licht wieder!"

Der Obersteuermann war derselben Ansicht; er ging wieder achteraus und befahl dem Rudersmann, einen Strich anzuluven. Gert erhielt die Weisung, eine Kugellaterne an den steuerbordischen Kranbalken zu hängen, vorher aber dem Kapitän Bescheid zu sagen. Der Junge fand den letzteren in seiner Kammer.

„Boot in Sicht, Kaptein!", rief er in Aufregung.

„Schön, mein Junge", sagte der Schiffer, der auf dem Sofa saß und seine Pfeife rauchte, „musst aber nicht hier reinrennen wie ein wilder Stier. Sag' dem Steuermann, ich komme gleich."

„Ich soll auch eine Signallaterne holen."

„Schön, mein Junge, geh und hole sie dir."

Gert ging in des Stewards Pantry, wo die Laternen aufbewahrt wurden, und obgleich er so große Eile hatte, erwischte er doch einen verlockend daliegenden halben Schinken, schnitt mit seinem Schneidmesser eine handgroße und daumendicke Scheibe ab und verschlang sie in Hast.

Als er an Deck kam, lag die *Käthe* mit backgebrassten Rahen, um auf das Boot zu warten.

„Rauf in die Want, Gert", rief der Obersteuermann, „und wink mit der Laterne, damit die Leute in dem Boot wissen, dass wir auf sie warten."

Gert gehorchte, und bald sah man die dunkle Form des Bootes auf das Schiff zukommen.

„Boot ahoi!", rief Roller.

„Hallo!", antwortete eine schwächlich klingende Stimme.
„Was für ein Boot ist das?"
Die Antwort war undeutlich, nur das Wort ‚schiffbrüchig' war verständlich.
Roller befahl, eine Leine auf der Back bereit zu halten. Mittlerweile waren alle Mann an Deck gekommen. Keppen Ketelsen sprang die Achterdecktreppe herab und rief die Leute zu sich heran.
„Kinder", sagte er, „dass mir keiner ein Wort von dem Mann sagt, den wir gestern aufgesammelt haben, auch kein Wort von dem Toten, habt ihr mich verstanden?"
„Jawoll, Kaptein."
Schoof, der zweite Steuermann, war inzwischen nach vorn gegangen.
„Achtung!", schrie er dem Boot zu, dann warf er eine Leine so geschickt, dass sie quer über das kleine Fahrzeug fiel. Die Schiffbrüchigen machten sie fest und waren bald langseit geholt.
„Könnt ihr an Bord klettern?", fragte der Kapitän über die Reling blickend.
„Ja", kam die Antwort einer Stimme, die anscheinend vor Erschöpfung heiser geworden war. „Bis auf zwei; die müssen in Palsteken an Bord geholt werden."
Die Palsteken wurden hinuntergegeben und zwei hilflose Männer damit an Deck gezogen. Die anderen folgten ohne Beistand - außer jenen beiden noch vierzehn Mann. Alle trieften vor Nässe.
„Das Boot ist so leck, dass es uns beinahe unter den Füßen wegsackte", sagte der letzte der Geretteten. „Wir haben es nur mit größter Mühe über Wasser halten können."
Er wankte hin und her, während er sprach.
Der Schiffer gab ihm etwas Rum zu trinken, den der Steward in einem großen Blechnapf herbeigebracht hatte. „Ah, das ist gut!", sagte der Mann. „Zehn Tage im Boot, das greift einen Menschen an!"
Plötzlich griff er sich an den Kopf, taumelte und fiel nieder an Deck, wo er schwer atmend liegenblieb.

„Gib die Laterne her, Gert", sagte Keppen Ketelsen, „es scheint ihm schlecht geworden zu sein. Mehr Rum, Steward."

„Das ist gut!", ächzte der Leidende, nachdem er abermals einen tüchtigen Schluck genommen hatte, „das ist gut!"

Gert ließ den Schein der Laterne auf sein Gesicht fallen.

„Bald wird Ihnen wieder besser sein", sagte der Schiffer, ihn mit scharf forschenden Blicken musternd, „tüchtig essen und ausschlafen, nachher geht's wieder."

Der Mann sah durchaus nicht leidend aus, sein Gesicht war wettergebräunt, Haar und Schnurrbart schwarz, die Wangen bedeckten dichte Stoppeln. Seine Züge waren wohlgeformt, es lag aber ein gewisses Etwas auf ihnen, von dem Gert sich unwillkürlich abgestoßen fühlte.

„Ich will Ihnen jetzt nicht mit vielen Fragen kommen", nahm der Schiffer wieder das Wort, „sagen Sie mir nur den Namen Ihres Schiffes, und welche Stellung Sie an Bord innehatten."

„Das Schiff hieß *Konkordia*, ich war der Kapitän", antwortete der Mann und machte dabei den Versuch, sich zu erheben, was ihm mit Ketelsens Hilfe auch gelang, worauf der letztere ihn in die Kajüte führte.

„Wie ging es zu, dass Sie Ihr Schiff verloren?", forschte Ketelsen weiter.

„Wir waren mit Baumwolle von Tuticorin nach London unterwegs, kriegten schwer Wetter, der Kasten wurde leck und die durch das Wasser anschwellende Baumwolle sprengte ihn auseinander. Die andere Hälfte der Mannschaft treibt auch im Boot umher, wenn sie nicht schon ersoffen ist."

Er hatte kaum ausgeredet, da drang ein wilder Schrei aus der Kammer des kranken Mannes. Der Kapitän der *Konkordia* schrak zusammen und erbleichte.

„Wer ist das?", fragte er hastig.

„Oh, nur ein Kranker. Ich habe ihn achteraus genommen, da er im Logis nicht die nötige Erholung haben kann. He, Steward, kümmern Sie sich um den Patienten, bleiben Sie ein wenig bei ihm und halten Sie die Tür zu. Er brüllt ja wie eine ganze Menagerie. Kommen Sie, Keppen ..."

„Rappo."

„Also, Keppen Rappo, hier ist Ihre Kammer. Nach zehntägiger Bootsfahrt werden Sie froh sein, wieder mal auf einer richtigen Koje liegen zu können."

„Das ist ein wahres Wort, Keppen ..."

„Ketelsen."

„Ich brauche Sie nicht erst zu bitten, Keppen Ketelsen, dass Sie sich auch meiner Leute annehmen. Ihr Benehmen gegen mich bürgt mir dafür."

Der Schiffer nickte und ging an Deck.

„Ich werde die Kerle nicht aus den Augen lassen", murmelte er dabei vor sich hin, „und auch den Keppen Rappo nicht."

Er trat an den Obersteuermann heran, der an der Reling lehnte.

„Na, was sagen Sie nun dazu?", fragte er.

„Was soll ich dazu sagen, Kaptein", antwortete Roller, „aber ich meine, der schwarze Schiffer sieht bei all seinen Ohnmachten ganz munter aus und ist nach seiner langen Bootsfahrt noch ganz ordentlich fett."

„Die verdammte zehntägige Bootsfahrt ist eine verdammte Lüge, das kann ihm jeder ansehen. Wo ist die Bande, die mit ihm gekommen ist?"

„Im Logis, unsere Leute haben ihnen ihre Kojen abgetreten."

„Schicken Sie mal Jörn Puvogel achteraus, wir wollen hören, was er zu sagen hat."

Puvogel erschien auf dem Achterdeck, er schnitt so gräuliche Gesichter, wie er es lange nicht getan hatte.

„Was denken Sie von unseren Schiffbrüchigen, Jörn?", fragte ihn der Kapitän, unwillkürlich lächelnd über die Grimassen des Matrosen.

„Das ist ein ganz verlogenes Rackerzeug, Kaptein", antwortete dieser, „die Hunde haben nichts Gutes im Sinn. Wir hätten sie ruhig in ihrem Boot treiben lassen sollen."

„Ich dachte, Sie wären ein christlicher Seefahrer, Jörn", entgegnete der Kapitän in scherzhaftem Vorwurf.

„Das bin ich auch, Keppen Ketelsen, wer das abstreitet, der soll sich vor mir in Acht nehmen. Da sind die beiden, die wir mit Palsteken über die Reling holen mussten, weil sie halbtot waren. Kaum sahen sie von weitem den Steward mit dem

Rumpott kommen, da hatten sie ihre Rolle vergessen, da sprangen sie auf und grinsten und riefen immer nach mehr. Kriegten sie so viel, als sie haben wollten, dann würden ihre Lügengeschichten bald nicht mehr übereinstimmen."

„Wo ist das Boot?"

„Das hängt achtern. Sie hatten unsere Leine wieder losgeworfen und wollten es wegtreiben lassen, ich holte es aber mit dem Bootshaken wieder ran. Wie ich sehe, dass es voll Wasser ist, fühle ich nach dem Stöpsel im Boden ... der war herausgezogen und das Loch offen! Jetzt ist er wieder drin."

„Haben Sie einen Namen an dem Boot bemerkt?"

„Jawoll, Kaptein. Am Heck steht der Name *Thetis* in weißen Buchstaben.

„Aha! Steuermann, der Zimmermann soll das Stück Brett, auf dem der Name steht, raussägen und an Bord bringen. Auch soll er den Pflock wieder aus dem Loch ziehen und das Boot treiben lassen."

Der Befehl wurde ausgeführt und Keppen Ketelsen nahm das Brett mit sich in seine Kammer.

„Jetzt habe ich zwei Gegenstände, auf denen der Namen *Thetis* zu lesen ist ... das Messer des Ermordeten und dies Stück Holz", sagte er zu sich selber. „Es soll nicht mehr lange dauern, bis ich die Wahrheit aus den Kerlen herausgekriegt habe."

Damit legte er sich nieder, aber nicht um zu schlafen, sondern um nachzudenken, wie er sich den unwillkommenen Gästen fortan zu verhalten habe.

Achtes Kapitel

Eine Katastrophe. - „Wir haben unser Schiff verloren!"
Warum Rappo bis zehn zählt. - Wie Ringbolzen zur Hilfe
erscheint. - Der Kampf um die ‚Käthe'. - Die Übermacht siegt.
„Wir haben uns auf das Schlimmste gefasst zu machen."

Während der drei folgenden Tage ging alles an Bord so ziemlich seinen gewöhnlichen Gang. Die Schiffbrüchigen waren den beiden Wachen zugeteilt worden und taten, was die Steuerleute ihnen befahlen. Kapitän Rappo aber führte ein bequemes und müßiges Leben. Der Schiffer der *Käthe* hatte ihm eröffnet, dass er ihn und seine Leute in Port Louis auf Mauritius an Land zu setzen gedächte, da für einen so übermäßigen Zuwachs an Mannschaft der Schiffsproviant nicht ausreichend sei, eine Mitteilung, die Rappo nicht angenehm zu sein schien, obgleich er eine gute Miene dazu machte.

In Port Louis wollte er dann den Behörden von der Zerstörung der *Thetis* Bericht erstatten, ihnen die Verbrecher überliefern und das Messer und das Namensbrett aushändigen.

Bis jetzt hatte Rappo jeden Morgen sich nach vorn begeben und seine Leute besucht. Zuerst hatten die Unterredungen mit ihnen nur einige Minuten gedauert, sehr bald aber dehnten sie sich auf halbe und ganze Stunden aus. Dies machte Keppen Ketelsen argwöhnisch, und er ersuchte ihn, diesen Verkehr zu unterlassen.

„Wenn Sie mit Ihren Leuten zu palavern haben, dann lassen Sie sie einzeln achteraus kommen", sagte er, und Keppen Rappo war damit einverstanden. Er arbeite ein Schriftstück über den Untergang der *Konkordia* für seine Reeder aus, erklärte er, für das er die Unterschriften der Leute brauche; einen anderen Zweck hätten seine Verhandlungen mit ihnen nicht gehabt. Es genüge übrigens, wenn sein Bootsmann ab und zu achteraus käme.

Zwei Tage lang zeigte er sich kaum an Deck, sondern verharrte eifrig schreibend in seiner Kammer.

„Vielleicht schreibt er seine Beichte nieder", sagte der Obersteuermann in einer hellen Mondnacht zu dem Schiffer, der in seiner Gesellschaft noch eine Pfeife an Deck rauchte. „Er hat seinen Bootsmann jetzt eben wieder bei sich."

„Das ist wohl ein Irrtum, Steuermann", entgegnete Keppen Ketelsen, „ich komme eben von unserem armen Ringbolzen (diesen Namen hatte man, in Ermanglung eines anderen, dem kranken Mann gegeben) und hätte es sicher gehört, wenn jemand bei Rappo wäre. Sein Verstand will noch immer nicht klar werden, ich zweifle, ob er ihn je wieder ganz erlangen wird. Gegenwärtig schläft er."

„Phantasiert er noch immer?"

„Ja, und stets die alte Geschichte von der Meuterei und wie man ihn über Bord hievte. Du, Gert, komm mal her! Hier nimm meine Pfeife und stopfe sie frisch, aber nicht zu fest."

„Jawoll, Kaptein; soll ich sie auch anrauchen?"

„Nee, du Bengel. Sieh dass du weiterkommst!"

Der Junge sprang lachend die Kampanjetreppe hinab.

„Warum behalten Sie ihn immer hier achtern?", sagte der Schiffer zu Roller.

„Sie gaben mir die Order, ihn stramm zu nehmen und hart zu erziehen, Kaptein. Darum behalte ich ihn in meiner Nähe und lasse ihn nicht an Deck herumlungern und sich in die Kombüse drücken."

„Das ist recht, so hat es sein Vater gewollt. Halten Sie ihn stramm, Roller, das schadet ihm nicht. Er ist ein fixer Bengel und wird mal ein braver Fahrensmann werden."

„Ja", sagte der Steuermann, „ich habe noch nie einen so netten kleinen Kerl als Jungen an Bord gehabt. Sollte sein Vater noch leben, wenn wir nach Hause kommen, dann wir er stolz auf ihn sein können."

Gert kam aus der Kampanjeluk.

„Hier ist die Pfeife, Kaptein", sagte er. „Wussten Sie, dass der Bootsmann unten ist? Ich sah, wie er und Keppen Rappo sich an dem Schloss von Ringbolzens Kammer zu schaffen machten."

„Sag' ich's Ihnen nicht?", rief Roller. „Es gibt nur wenig, was meine Augen nicht sehen."

Der Schiffer aber hörte nichts mehr; er war wie ein Gewitter in die Kajüte hinab und in Rappos Kammer hinein gestürmt.

Dieser, anscheinend eben im Begriff, sich in seine Koje zu schwingen, drehte sich um und sah den Kapitän erstaunt an.

„Was gibt's, Keppen Ketelsen?", fragte er.

„Was es gibt?", schrie dieser ihn an. „Schurken und Halunken gibt's, Spitzbuben, die sich an den Schlössern der Kammertüren zu schaffen machen, wenn ich an Deck bin! Wo ist der schuftige Bootsmann geblieben? Und noch mehr gibt's ... Sie und Ihre Kerle da vorn, ihr seid die Besatzung der *Thetis*, ihr habt euren Kapitän erstochen, euren Steuermann über Bord geworfen und euer Schiff verbrannt! Ich werde euch alle in Eisen legen ... Steward ..."

Weiter kam er nicht. Ein Faustschlag Rappos traf ihn ins Gesicht und sendete ihn taumelnd in eine Ecke. Ehe er sich wieder aufraffen konnte, packte ihn der andere an der Kehle, um ihn zu erdrosseln; allein Keppen Ketelsen war ein Mann von großer Körperkraft, er schüttelte seinen Angreifer ab und nun begann ein wütendes Ringen, dessen Ausgang nicht abzusehen gewesen wäre, wenn das Gepolter nicht Schoof, den zweiten Steuermann und mit ihm den Steward herbeigelockt hätte, denen es bald gelang, Rappo zu überwältigen und zu fesseln.

„In Eisen mit dem meuterischen Hund!", rief der Schiffer keuchend. „Schmeißt ihn ins Hellegat! Und dann sucht alle Eisen hervor, die an Bord sind!"

Da kam Gerts Stimme von der Kampanjeluk her.

„Schnell an Deck, Kaptein!", schrie der Junge.

Ketelsen holte eiligst ein paar Pistolen aus seiner Kammer. Er hörte über sich ein Getrampel vieler Füße und Schoof und dem Steward zurufend, ihm zu folgen, rannte er die Kampanjetreppe hinauf.

Kaum aber hatte er die oberste Stufe erreicht, da wurde er gepackt und zurückgeworfen; im Sturz riss er Schoof und den Steward mit sich wieder hinab. Ehe er sich aufraffen konnte, kamen vier von Rappos Leuten heruntergesprungen; er hatte nur noch Zeit, einen Schuss abzugeben, dann war er niedergeworfen und gebunden. Der Steward und der zweite Steuermann wehrten sich verzweifelt, da aber immer mehr von den Thetisleuten herunterkamen, lagen auch sie bald wehrlos am Boden.

„O mein Gott!", rief Keppen Ketelsen ganz außer sich vor Wut und Schmerz, „wir haben unser Schiff verloren, unsere gute *Käthe*!"

„Ja, Kaptein", stöhnte der neben ihm liegende Zweite, „jetzt ist's aus mit uns! Bald werden wir auf den Klippen liegen und mein Arm ist gebrochen!"

Plötzlich erschien Rappo in Begleitung einiger seiner Spießgesellen auf dem Schauplatz.

„Es war sehr freundlich von Ihnen, Keppen Ketelsen, dass Sie mich aufgenommen haben", sagte er lächelnd, „und ich bedaure aufrichtig, mir ihre schöne Bark aneignen zu müssen, aber es ging nicht anders, Sie wussten zu viel. Hätten Sie uns nach Mauritius gebracht, dann wäre der Galgen unser Los gewesen. Sie begreifen, dass ich das verhindern musste."

Ketelsen machte gewaltige Anstrengungen, seine Fesseln zu sprengen, das aber gelang ihm nicht.

„Sie sind ... Sie sind", keuchte er.

„Weiß schon, was Sie sagen wollen", lächelte Rappo. „Zunächst aber bin ich jetzt der Kapitän dieser Bark."

Er bückte sich, nahm Ketelsens Pistolen auf und steckte die Waffen in seinen Gurt.

„Hoho!", lachte einer der Bande laut und höhnisch, „Peter Rappo hat sich selber zum Kapitän ernannt; habt ihr's gehört, Maaten?"

„Das haben wir", sage ein anderer „Jetzt muss er uns Grog geben!"

„Jawoll, Grog und nicht zu wenig!", riefen die Brandstifter.

„Ihr werdet abwarten, bis mir das beliebt", entgegnete Rappo herrisch und blickte die Kerle der Reihe nach mit blitzenden Augen an. „Ich bin euer Kapitän und fordere Gehorsam. Ihr kennt mich. An Deck mit euch!"

„Unser Kapitän bist du?", sagten die Leute. „Damit müssten wir doch erst mal einverstanden sein. An Bord der *Thetis* warst du der Anstifter und Rädelsführer, sonst aber bloß ein Matrose wie wir. Jetzt wollen wir Grog haben, verstanden?"

Sie hätten ohne weiteres in den Proviantraum eindringen und sich des Rumfasses bemächtigen können; dass sie es nicht taten, war ein Beweis für die Autorität, die Rappo trotz allem über sie ausübte.

Dieser zog jetzt eine Pistole aus dem Gurt, trat einen Schritt zurück und lehnte sich mit dem Rücken an eine Kammertür.

„An Deck!", befahl er. „Ich zähle bis zehn, wer dann noch hier unten ist, kriegt eine Kugel in den Kopf."

Er erhob die Waffe.

„Höre, Peter Rappo", entgegnete einer der Leute, „wir haben an Bord der *Thetis* nicht gemeutert und dir nachher die Gewalt übertragen, damit du uns jetzt wie einen Haufen Sklaven behandelst."

„Fünf!", sagte Rappo, der während der Rede des Mannes ruhig weitergezählt hatte.

„Sechs!"

Einer nach dem anderen stahl sich die Treppe hinauf, und als er „neun" sagte, da war nur noch einer unten.

„Wird's bald?", sagte Rappo, ein wenig zögernd, ehe er die letzte Zahl aussprach.

Der Kerl brummte etwas vor sich hin und stieg dann langsam die Stufen empor.

„Mutige Halunken, das muss man sagen!", rief Keppen Ketelsen mit Hohn. „Pfui Teufel!"

„Zehn!", sagte Rappo.

Er hatte das Wort kaum über die Lippen gebracht, als plötzlich die Tür, an der er lehnte, aufgerissen wurde und er, von einem krachenden Schlag auf den Kopf getroffen, betäubt niederstürzte.

„Ringbolzen ... so wahr Gott lebt!", rief Ketelsen. „Machen Sie uns los, Mann, machen Sie los, aber schnell!"

Der Mann, der so lange krank und von Sinnen gewesen war, ließ sich das nicht zweimal sagen. Mit jener Geschicklichkeit und Geschwindigkeit, die beim Handhaben von Tau und Leinenwerk nur Seeleuten eigen ist, befreite er die Gefesselten und band dann den besinnungslos liegenden Rappo an Händen und Füßen.

„Sie kommen zur rechten Zeit", sagte der Schiffer, indem er seine Pistolen wieder an sich nahm. „Jetzt müssen wir unser Schiff wiederhaben, koste es, was es wolle! Suche sich jeder ein Stück Dings, das als Waffe dienen kann, und dann drauf auf die Halunken! Steuermann Schoof, sind Sie noch verwendbar?"

„Einen Arm habe ich noch, ich denke, dass ich damit noch etwas ausrichten kann", antwortete der Wackere.

Der Steward, der eine stark blutende Wunde am Kopf davongetragen hatte, schwankte nach der Pantry und kam mit einem langen Messer zurück.

„Kriegen wir bald den Grog?", rief in diesem Augenblick eine Stimme von oben herunter. „Rappo, oder Kapitän Rappo, wo steckst du? Sollen wir kommen und den Grog holen?"

Ketelsen sah, wie sich eine Anzahl Kerle um die Kajütstreppe drängte. Er zielte und feuerte, ein Mann brach zusammen.

„Jetzt vorwärts!", rief er, und in langen Sätzen sprang er, gefolgt von Ringbolzen, Schoof und dem Steward hinauf an Deck.

Die Meuterer, die dies nicht erwartet hatten, standen erschrocken und unentschlossen, aber nur einen Moment. Diesen nutzte Schoof, die Fesseln des Obersteuermanns durchzuschneiden, der beim Ruder an Deck lag, während der Steward den ebenfalls gefangenen Jörn Puvogel befreite.

Jetzt aber warf sich Rappos Bootsmann auf Keppen Ketelsen und zugleich begann die ganze übrige Meute den Angriff auf die Getreuen der *Käthe*, die sich mit dem Mut und der Kraft der Verzweiflung verteidigten. Der ungleiche Kampf schwankte lange hin und her; der zweite Steuermann und der Steward fielen, Puvogel und der Obersteuermann schlugen sich bis zu ihrem Kapitän und Ringbolzen durch, und nun nahmen diese Vier den Besanmast als Rückendeckung und hielten sich die Angreifer vom Leib.

Da aber erschien Rappo auf dem Kampfplatz; einer seiner Leute hatte ihn befreit. Eine schwere Handspeiche schwingend, stürzte er herbei und hatte im nächsten Moment sowohl

Ringbolzen wie auch Keppen Ketelsen niedergeschlagen. Hierdurch angefeuert, warfen sich seine Genossen auf Roller und Puvogel, und bald waren auch diese von der Übermacht überwältigt.

„Bindet alle und schleppt sie auf die Großluk", befahl Rappo, „dann sollt ihr euren Grog haben."

Die Besatzung der *Käthe* war bald aufgesammelt und mittschiffs niedergelegt. Zwei von den Banditen blieben als Wache bei ihnen, die übrigen begaben sich achteraus.

Keppen Ketelsen erholte sich bald von dem Schlag, der ihn niedergestreckt hatte. Seine erste Frage galt Gert.

„Ich bin hier", rief der Junge, „und ich habe auch nicht viel abgekriegt."

„Die *Käthe* sind wir vorläufig los, mein armer Junge", sagte der Schiffer, „aber wir kriegen sie wieder, verlass dich drauf, das heißt, wenn sie uns nicht die Hälse abschneiden."

„Das kann bald geschehen", fiel Ringbolzen ein, der auch wieder zu sich gekommen war. „Der Rappo ist der leibhaftige Satan, dem nichts heilig ist. Als ich seine Stimme vor meiner Kammer hörte, da war mir, als käme ich aus einem langen Traum. Bin ich denn krank gewesen, Kaptein?"

„Das sind Sie. Wir haben Sie aus dem Wasser gezogen; Sie hingen an unserem Ruder, die Finger in einem Ringbolzen. Aber wer ist dieser Rappo?"

„An Bord der *Thetis* war er nur Matrose, er muss aber ehedem was Besseres gewesen sein, denn es fehlt ihm nicht an Kenntnissen. Wahrscheinlich hat er auch als Kapitän gefahren. Er war der Anstifter einer Meuterei auf der *Thetis*."

„Und Sie?"

„Ich war Obersteuermann. Den Kapitän haben sie ermordet und mich über Bord gehievt."

„Wir haben Sie Ringbolzen genannt, da wir Ihren Namen nicht kannten. Wie heißen Sie?"

„Jakob Paulsen; ich bin aber auch mit Ringbolzen zufrieden. Nennen Sie mich, wie Sie wollen."

„Dann lassen wir's bei Ringbolzen, wir sind nun mal daran gewöhnt."

Die Leute der *Käthe* waren alle mehr oder weniger verwundet. Die Hälfte von ihnen hatte Wache zur Koje gehabt, als der Kampf ausbrach; sie waren im Schlaf überwältigt worden, ehe sie Zeit zur Besinnung und zur Gegenwehr hatten. Puvogel, Döschkopp und der Steward waren am schwersten verletzt worden und noch nicht wieder zu sich gekommen. Keppen Ketelsen richtete sich auf, die Seinen zu zählen.

„Einer fehlt", sagte er. „Wer ist es?"

„Steuermann Schoof", sagte Gert. „Er liegt achtern."

„Hoffentlich ist er nicht tot", sagte Ketelsen. „Er hat sich geschlagen wie ein echter deutscher Fahrensmann, obgleich er nur einen Arm regen konnte."

„Ich fürchte, dass er nicht mehr am Leben ist", entgegnete der Obersteuermann, „ich sah, wie Rappos Bootsmann ihm einen Schlag versetzte, der einen Stier gefällt haben würde. Lebte er, dann hätten sie ihn mit uns hierhergebracht."

„Möge Gott seine Seele zu sich nehmen, er war ein guter und treuer Mensch", sagte der Schiffer. „Ich wollte, ich wüsste, was die Schurken mit uns vorhaben."

Er sollte es bald erfahren.

Im Osten zeigte sich ein lichtgrauer Streifen oberhalb der schwarzen Kimmung, und langsam verblasste der Mond vor dem heraufsteigenden Tag. Als es hell geworden war, begannen die Meuterer sich mit den Zurrings des Großbootes zu schaffen zu machen. Rappo kam vom Kampanjedeck herab und überwachte die Vorbereitungen zum Aussetzen des Fahrzeugs. Kapitän Ketelsen beobachtete die Kerle bei ihrer Arbeit.

„Als wir in unserer Einfältigkeit die Halunken an Bord nahmen, waren ihrer viel mehr", sagte er zu Roller. „Ich sehe da bloß acht Matrosen, den Bootsmann und Rappo, im ganzen zehn Mann, und die meisten haben tüchtig was abgekriegt. Wenn wir nicht wie die Kälber gebunden hier liegen müssten, dann könnten wir die ganze Brut mit Leichtigkeit über Bord jagen, und ich hätte mein Kommando und Keppen Brand seine schöne Bark wieder."

„Da achtern am Ruder steht auch noch einer, macht zusammen elf Mann", erwiderte der Obersteuermann.

„Losmachen können wir uns nicht, wir müssen daher abwarten. Was Gutes werden sie nicht mit uns vorhaben."

„Im Gegenteil, wir haben uns auf das Schlimmste gefasst zu machen", sagte Ringbolzen. „Lebendig lässt Rappo uns nicht davonkommen, er hat zu viel auf dem Kerbholz, um uns an Land gegen ihn aussagen zu lassen."

Neuntes Kapitel

Ausgesetzt. - Im Boot.
Der Schatten im Mondstreifen. - Gerettet.

Eine günstige Brise schob die Bark mit einer Fahrt von etwa sieben Knoten durch die unter den Strahlen der frühen Morgensonne glitzernde, leicht bewegte und mit unzähligen weißen Schaumkämmen bedeckte blaue See. Die Segel standen prall und voll, jedes Tau zeichnete sich scharf ab von dem klaren, graublauen Firmament. Es ging wie ein schauerlicher Missklang durch den schönen jungen Tag, als jetzt Keppen Rappo einige seiner Leute achteraus rief und befahl, die auf dem Quarterdeck liegenden Leichen zu beseitigen.

„Sollen wir sie beschweren?", fragte einer der Männer.

„Ist nicht nötig, sie werden schnell genug im Kielwasser außer Sicht kommen. Eilt euch, damit wir sie aus den Augen kriegen."

Kapitän Ketelsen hörte ein Plumpsen.

„Eins, zwei, drei, vier, fünf, sechs", zählte er. „Roller, es sind fünf gegen unsern einen. Wir haben gut geschafft. Hätten sie nicht die Freiwache im Logis überrumpelt, dann lägen sie alle längst in Eisen, und wir wären frei."

„Ja, Kaptein, es ist aber anders gekommen", brummte der Steuermann, „und wenn sie uns abgekehlt haben werden, dann ist's umgekehrt, dann sind's, Ringbolzen mitgerechnet, fünfzehn gegen ihre fünf.

„Verzeihung, wenn ich Ihre Unterhaltung störe", sagte der herantretende Rappo. „Das Boot liegt klar langseit, und ich möchte sie so schnell wie möglich loswerden. Einer nach dem anderen, bitte. Sie zuerst, Steuermann Roller, dann Keppen Ketelsen, dann die übrigen. Einige behalte ich an Bord, da meine Mannschaft nicht ausreicht."

Ein paar Kerle hoben Roller auf, trugen ihn zum Fallreep und ließen ihn an einer Leine in das Großboot hinunter, in dem sich zwei der Meuterer befanden, einer, um das Boot stetig zu halten, der andere, um die Gefangenen von der Leine zu lösen. Jörn Puvogel, Döschkopp, Gert und Ringbolzen behielt Rappo zurück.

Keppen Ketelsen bat den Seeräuberkapitän so dringend er konnte, ihm Gert mitzugeben.

„Es ist besser, anständig zu ersaufen, als unter diesen Schuften zu leben", sagte er zu dem Jungen, „das entspräche auch dem Willen deines Vaters."

Aber seine und auch Gerts Bitten waren vergebens, er wurde mit den übrigen ins Boot geschafft. Hier durchschnitt einer der Meuterer schnell seine Fesseln, dann auch die Fangleine des Fahrzeugs, und eine Minute später befanden sich die Ausgesetzten, zusammen zehn Mann, bereits weit im Kielwasser der *Käthe*.

Kapitän Ketelsen saß im Bug, die Blicke starr auf das sich immer weiter entfernende Schiff gerichtet. Er wäre wahrscheinlich so sitzen geblieben, bis die *Käthe* aus Sicht war, wenn nicht einer der Matrosen ihn gebeten hätte, ihm die Fesseln abzunehmen. Der Schiffer tat es.

„Ich vergaß, dass ich nicht allein war", sagte er. „So, nun mach die anderen los. O Gott, meine Bark! Es kann ja nicht wahr sein!

Und wieder heftete er seine nassen Augen auf die ferne *Käthe*.

„Wollen Sie achteraus kommen, Kaptein, und in den Sternschoten Platz nehmen?", rief der Obersteuermann ihm zu.

„Ja, Steuermann, ich komme."

Er begab sich vorsichtig nach hinten und setzte sich neben Roller.

„Wir dürfen den Mut nicht verlieren", begann er nach langem Schweigen. „Die Leute, die wir aus ihrem Boot gerettet haben, haben uns unser Schiff genommen und lassen nun uns selber in einem offenen Boot treiben. Wir sind aber schlimmer dran, als sie es waren. Wir haben nichts, gar nichts. Wenn der allmächtige Gott beschlossen hat, uns ertrinken zu lassen, so geschehe sein Wille. Sollen wir verschmachten, so müssen wir uns wie Männer darein geben. Es steht aber noch lange nicht fest, dass wir umkommen müssen. Ich wenigstens gedenke mit dem Leben davonzukommen und es den verdammten Schurken heimzuzahlen!"

„Bravo Kaptein!", riefen die Matrosen. „Wir tanzen noch auf den Gräbern dieser Hunde!"

„Das will ich wohl meinen, Leute, mit Gottes Hilfe. Wir sind hier in einer vielbefahrenen Gegend, wo uns Schiffe begegnen könnten. Also Mut, Kinners, wir sind noch lang nicht verloren."

„Noch lang nicht!", stimmte Roller ein. „Ich sehe übrigens, dass die Mordbande die Bodenbretter nicht aus dem Boot genommen hat. Davon können wir uns Riemen und einen Mast machen."

Der Gedanke wurde mit lebhafter Freude begrüßt und sogleich ausgeführt, denn Seeleute wissen sich schnell zu helfen. Ein Hemd wurde als Segel an dem Mast befestigt, zugleich auch als Notsignal, falls ein Schiff des Weges kommen sollte.

Von der *Käthe* waren nur noch die oberen Segel über der Kimmung zu sehen. Bald verschwand sie vollständig.

„Was wahr ist, ist wahr", nahm einer der Matrosen nachdenklich das Wort. „Unsere Bark war eine richtige Heimat für die Janmaaten, ein mackliges und gutes Schiff, und das haben wir Ihnen zu verdanken, Keppen Ketelsen."

„Und ich will nie eine bessere Mannschaft haben, als sie es sind, Leute", erwiderte der Schiffer, „und der liebe Gott mag geben, dass bald die Zeit kommt, wo wir alle wieder munter und gesund an Bord von unserer *Käthe* beisammen sind. Sie hat zuletzt immer östlich gesteuert, soviel ich sehen konnte. Wo mag der Räuberkapitän mit ihr wohl hinwollen?"

Einer der Matrosen glaubte das zu wissen. Er habe eines Abends Rappo und seinen Bootsmann belauscht, als sie von einer Insel in der japanischen See redeten, ohne herausfinden zu können, um was es sich handelte. Dorthin werde Rappo nun wohl segeln wollen.

„Warum haben Sie uns das nicht früher gesagt?", fragte der Schiffer. „Dann hätten wir vielleicht rechtzeitig Vorkehrungen treffen können."

„Da war nichts zu erzählen, Kaptein. Sie hätten ja von jeder beliebigen Reise reden können. Nun ist mir das wieder eingefallen, und ich denke mir, dass sie Kurs auf diese Insel halten."

Es kamen noch allerlei Mutmaßungen zutage, dann hörte das Gespräch auf. Einige der Leute streckten sich auf den Boden nieder, andere saßen in sich versunken auf den Duchten; zwei hatten zu den improvisierten Riemen gegriffen und rojten langsam und mechanisch, während der Schiffer steuerte. Das nächste Land war Madagaskar, es lag jedoch zu weit ab, um es erreichen zu können. Das beste war, sich in dieser Gegend zu halten, da man hier die meiste Aussicht hatte, von passierenden Schiffen bemerkt und aufgenommen zu werden.

Der Tag verging und auch die Nacht, und Hunger und Durst begannen die Ausgesetzten zu quälen, umso mehr, als die meisten in dem Kampf mit den Meuterern verwundet worden waren. Ihre Leiden vergrößerten sich von Stunde zu Stunde.

So verstrichen drei Tage und drei Nächte. Schon war fast jegliche Hoffnung aus ihren Herzen gewichen. Sie lagen unter den Duchten wie Tote, nur Keppen Ketelsen hielt sich in den Sternschoten noch aufrecht und ließ seine matten Blicke in die Weite schweifen. Plötzlich richtete er sich empor ... in der breiten Lichtstraße, die der Mond über das Wasser warf ... was war das? Konnte jener schwarze Schatten, der dort langsam quer über den hellen Streifen dahinzog, ein Schiff sein?

Es war ein Schiff.

„Roller!", rief er heiser. „Segel in Sicht!"

Im nächsten Moment hatten alle Mann sich aufgerafft.

„Wo?", krächzten sie mit vor Erschöpfung tonlosen Stimmen.

„Dort, in dem Mondstreifen! Ruft, Leute, schreit, es gilt unser Leben!"

Es waren nur schwache, jämmerliche Laute, die sich aus den verdorrten Kehlen rangen.

„Schreit, Leute, schreit, das zweite Mal wird's besser gehen!"

„Schiff ahoi!", riefen sie aus aller Kraft.

„Riemen aus und rojt, was ihr rojen könnt! Nehmt auch den Mast zum Rojen! Vorwärts, Leute, um Gottes willen vorwärts!"

Trotz der größten Anstrengungen kam das Boot nur sehr langsam vorwärts, und der Segler entfernte sich weiter und weiter.

„Schreit nochmal, Kinder, schreit, schreit!" Alle zusammen ... jetzt ... Schiff ahoi!"

„Sie haben uns gesehen!", kreischte plötzlich ein Mann. Er stieß einen durchdringenden Schrei aus, taumelte, stürzte nieder auf den Boden und weinte wie ein Kind.

Das fremde Schiff hatte die letzten Notrufe gehört und dann auch das Boot wahrgenommen.

Eine Viertelstunde später befanden sich die Geretteten an Deck des Vollschiffes *Alexander*, umringt von einer Schar teilnehmender Seeleute und Passagiere.

Zehntes Kapitel

*Gert und Rappo. - "Der wird, der hat das rechte
Zeug in sich." - Befreiungspläne.*

Als die Fangleine des Bootes durchgeschnitten war, liefen alle Meuterer nach dem Heck, um den zehn Ausgesetzten nachzublicken. Die vier Gefangenen blieben eine Zeitlang sich selbst überlassen. Puvogel und Döschkopp waren noch immer bewusstlos.

„Die Ärmsten haben weder Wasser noch Proviant mitgekriegt", sagte Ringbolzen zu Gert. „da wäre es besser gewesen, wenn die Mörderbande sie sogleich umgebracht hätte. Gott erbarme sich ihrer!"

„Sowie sie uns losgemacht haben, fallen wir über die Kerls her, was Steuermann? Sind Sie dabei?"

„Nein, mein Junge, das kann nichts nützen. Wir müssen uns ganz ruhig verhalten und die passende Gelegenheit abwarten. Bald werden wir wissen, was sie mit uns vorhaben, und kommt Zeit, kommt Rat. Deine beiden Maaten dort werden verbluten, wenn man ihnen nicht bald ihre Wunden verbindet."

„Wollen wir nicht rufen?"

„Das wäre vergeblich, Rappo lässt soeben Rum verteilen, da würde niemand auf uns hören."

Gert beobachtete die beiden Ohnmächtigen mit tiefem Mitgefühl, dann wandte er sich wieder dem Steuermann zu.

„Ich denke mir, dass sie uns die *Käthe* nur deswegen weggenommen haben, weil sie Sie hier an Bord fanden und sich von Ihnen erkannt wussten", sagte er nachdenklich.

„Das ist sehr wahrscheinlich", antwortete Ringbolzen, „aber warum sie an Bord der *Thetis* meuterten, das begreife ich nicht. Sie konnten sich kein besseres Schiff wünschen. Der Rappo ist an allem schuld. Rätselhaft ist mir auch, warum sie die *Thetis* verlassen haben."

„Das wissen Sie nicht? Aber freilich, Sie sind ja krank gewesen. Die *Thetis* ist verbrannt."

„Verbrannt! Mein Gott!"

„Ja. Wir kriegten sie brennend in Sicht, als kein Mensch mehr an Bord war. Ein paar Tage später fanden wir die Halunken da im Boot umhertreibend und sammelten sie auf."

„Das ist unverständlich", erwiderte der ehemalige Steuermann der *Thetis*. „Rappo verfolgt irgendeinen Zweck, denn der Halunke weiß immer was er tut. Still, da kommt er."

Mit lächelnder Miene kam der neue Kapitän der *Käthe* auf die Gefangenen zugeschritten.

„Wissen Sie auch, Paulsen", begann er, dass ich verdammt froh bin, Sie hier an Bord wiedergefunden zu haben? Das ist ja ein wahres Glück, denn ich brauche notwendig einen Steuermann."

Auch der Bootsmann trat herzu.

„Ja", sagte der, „das trifft sich gut; ich meinte schon, wir hätten Sie für immer aus Sicht verloren."

Ringbolzen warf einen finsteren Blick auf den Rädelsführer der Meuterer, er beherrschte sich jedoch sogleich wieder und entgegnete ruhig:

„Lassen Sie die beiden Leute da verbinden, wenn Sie nicht noch mehr Blutschuld auf sich laden wollen; ich dächte, Sie hätten schon mehr als genug auf der Erde."

„Paulsen hat recht", sagte Rappo. „Sorgen Sie dafür, Bootsmann. Wir können keinen Mann entbehren, die Mannschaft ist jetzt schon minderzählig. Schaffen Sie sie achteraus, ich komme sogleich nach. Und du, Junge", wandte er sich an unseren Freund Gert, der ihn mit den Blicken einer erbosten Wildkatze anstierte, „du scherst dich achteraus, in der Kajüte wartet viel Arbeit auf dich."

Damit durchschnitt er Gerts Fesseln. Die Antwort, die ihm von diesem zuteil wurde, hatte er nicht erwartet, denn kaum fühlte Gert sich wieder frei, da ergriff er einen an Deck liegenden Marlspieker und führte damit einen wütenden Schlag gegen Rappos Gesicht.

„Da, du Mörder!", rief er, „nimm das für Keppen Ketelsen!"

Der Schlag ging jedoch fehl; Rappo war schnell zurückgewichen und so einer schweren Verletzung entgangen.

„Verdammte junge Viper!", schrie er, fasste Gert am Hals und schüttelte ihn heftig. „Hier, Bill Poker", rief er einem Matrosen zu, „halt den Bengel fest, ich will ihm ein Dutzend mit dem Tamp aufzählen."

Der Mann sprang herzu, riss den wild um sich schlagenden Jungen über sein Knie und hielt ihn mit eisernem Griff fest, während Rappo mit einem Tauende die Strafe an ihm vollzog.

Gert gab keinen Laut von sich.

„Jetzt achteraus mit dir", sagte Rappo bei dem letzten Streich, „und merke dir, bei der geringsten Widersetzlichkeit hieve ich dich über Bord."

Gert gehorchte zähneknirschend. Der Kapitän schaute ihm nach.

„Der wird", sagte er zu Bill Poker, „der hat das rechte Zeug in sich."

Dann löste er Ringbolzens Handfesseln.

„Sie brauche ich nicht erst vor Widersetzlichkeit und Intrigen zu warnen", bemerkte er dabei, „Sie kennen mich, nicht wahr?"

„Jawoll, Kaptein!"

„Gut. Machen Sie nun Ihre Füße frei und dann kommen Sie achteraus."

Ringbolzen tat, wie ihm geheißen und begab sich in die Kajüte, wo er Gert vorfand.

„Ich hatte dir doch kalt Blut und Geduld empfohlen", raunte er diesem zu. „Wenn du so unvorsichtig bist, verdirbst du alles. Versprich mir, verständig zu sein."

„Ich verspreche es, Steuermann, aber ..."

„Kein aber! Wenn die Zeit da ist, werden wir handeln, verlass dich drauf."

Gert war's zufrieden.

Inzwischen hatten Rappo und der Bootsmann auf dem Kampanjedeck die beiden verwundeten Matrosen regelrecht verbunden. Jörn Puvogel erlangte zuerst die Besinnung wieder.

Er richtete sich auf und starrte wild und verwirrt um sich, als aber sein Blick durch die Kajütsklappe auf den am Fuß der Treppe stehenden Gert fiel, da beruhigte er sich.

Der Bootsmann betrachtete jetzt das absonderlich bewegliche Gesicht des braven Jörn zum ersten Mal genauer, mit Staunen und zunehmender Heiterkeit. Endlich lachte er laut.

„Der ist wahrhaftig dem zoologischen Garten entsprungen!", rief er. „So etwas habe ich noch nicht gesehen! So ein Hümpel Stroh auf dem Kopf! Und das Gesicht! Sieht er nicht aus wie Neptun bei der Linientaufe?"

Da konnte Gert nicht länger an sich halten.

„Jedenfalls hat er ein anständigeres, ehrlicheres und besseres Gesicht als du!", rief er zornig die Kampanjetreppe hinauf.

Der Bootsmann drehte sich um „Was!", sagte er, „hast du noch nicht genug bekommen?" Und er schickte sich an die Kajütstreppe hinunterzusteigen.

Aber Rappo hinderte ihn daran.

„Lassen Sie mir den Jungen in Ruhe!", befahl er streng. „Der steht allein unter meiner Fuchtel!"

Brummend ging der Bootsmann nach vorn. Rappo erteilte Jörn die Weisung, vorläufig an Deck liegen zu bleiben und zu schlafen und stieg dann in die Kajüte hinab. Er beauftragte Gert, etwas in der Kombüse auszurichten und der Junge verschwand eilfertig.

„Wer ist der Junge und wie heißt er?", wandte er sich an Ringbolzen.

„Ich weiß nicht mehr von ihm und überhaupt von der ganzen Mannschaft dieser Bark, als Sie", war die Antwort, „aber da wir gerade allein sind, möchte ich Ihnen ein anderes Wort sagen ..."

„Lassen Sie das, Paulsen", unterbrach Rappo. „Ich dulde keine Salbaderei an Bord meines Schiffes."

„Ihres Schiffes?"

„Ja. Ich habe so was nie geduldet. Sie meinen, weil Sie mich im Logis der *Thetis* gesehen haben, ich hätte niemals ein Schiff kommandiert. Da irren Sie. Ich bin der Kapitän vieler Fahrzeuge gewesen, und die Mannschaften, die nach meinem Willen handelten, haben sich immer sehr wohl befunden und viel Geld verdient. Wer sich mit aber nicht fügte, dem ging es weniger gut ... Sie verstehen mich."

„Rappo, Sie sind ein Bösewicht!"

„Nennen Sie mich meinetwegen einen Teufel, ich werde nichts einwenden. Nun zu etwas anderem. Sie sind außer mir der einzige Mann hier an Bord, der Navigation versteht, der das Kommando einer Wache übernehmen kann. Sie sollen mein Steuermann werden."

„Ich weigere mich", entgegnete Ringbolzen finster.

„Sie Bösewicht, Sie Teufel, haben mit eigener Hand hinterrücks den Kapitän der *Thetis* erstochen und darauf mich über Bord hieven lassen!"

„Sehr richtig", sagte Rappo ganz kühl. „Weil Sie das gesehen hatten, wollte ich Sie aus dem Weg haben. Das ist mir nicht gelungen, und Sie haben mir beinahe meinen guten Plan zunichte gemacht. Ich will jedoch Vergangenes vergangen sein lassen, wenn Sie sich mit zur Verfügung stellen."

„Haben Sie auch den zweiten Steuermann und den Steward ermordet? Ich sehe sie hier nicht an Bord."

„Nein."

„Wo sind die beiden geblieben?"

Rappo zuckte die Achseln.

„wir haben sie nicht umgebracht, meinen Eid darauf", sagte er.

„Ihr Eid ist nichts wert. Auf welche Weise ist die *Thetis* in Brand geraten?"

Jetzt schlug Rappo mit der Faust auf den Tisch.

„Sehen Sie sich vor mit Ihrem Gefrage, Paulsen!", sagte er drohend. „Ich habe Sie schon einmal über Bord hieven lassen, und das wird wieder geschehen, wenn Sie nicht bald zur Vernunft kommen. Dann aber soll Sie kein Ringbolzen am Ruder wieder retten. Ich gebe Ihnen bis Mittag Zeit, dann bitte ich mir eine Antwort aus."

„Eine Antwort, worauf?"

„Hol Sie der Teufel, Mann! Eine Antwort auf die Frage, ob Sie mein Steuermann sein wollen oder nicht. Stimmen Sie zu, dann sollen Sie's gut haben, weigern Sie sich, dann fliegen Sie über Bord mit einem Bootsanker an den Beinen. Überlegen Sie sich das!"

Mit diesen Worten verließ Rappo die Kajüte.

Paulsen brauchte nicht lange zu überlegen. „Solange man lebt, kann man auch hoffen", sagte er zu sich selber. „Braucht er mich nicht mehr, dann wird er mich selbstverständlich wieder aus dem Weg schaffen wollen, ich habe aber drei brave Verbündete, auf die ich mich verlassen kann, und da ist auch noch der Harry Tews von der *Thetis*, der vielleicht auch zu mir halten wird. Soviel ich beobachtet habe, hat er sich an der Meuterei nicht beteiligt, ich werde ihn daher gelegentlich sondieren."

Nach einer Weile kam Gert die Kampanjetreppe herabgesprungen.

„Döschkopp ist wieder munter und Jörn Puvogel ist kreuzfidel", meldete er mit erregt blitzenden Augen. „Wann geht's los, Steuermann? Wann erobern wir unsere Bark wieder?"

„Geduld, Sohn, Geduld", antwortete Ringbolzen und streichelte dem Jungen das Haar. „Zuerst muss ich mit deinen Schiffsmaaten eine Unterredung erlangen, um zu erfahren, was für eine Sorte von Menschen sie sind."

„Oh, die besten, die es überhaupt geben kann!", rief Gert enthusiastisch. „Döschkopp sagt, er würde es jeden Augenblick mit doppelt so viel Halunken aufnehmen. Sobald wir die *Käthe* wieder in unserer Gewalt haben, dann ändern wir den Kurs und suchen Keppen Ketelsens Boot auf, noch ehe es Nacht wird."

„Sachte, Jungchen, sachte, so schnell geht das nicht. Tu willig und flink, was der Schiffer dir befiehlt, damit du ihn bei guter Laune erhältst. Das übrige überlass ruhig mir und deinen Schiffsmaaten."

Gert nickte stumm, holte sich eine Pütz Wasser und machte sich an die Reinigung des Kajütendecks, die Rappo ihm aufgetragen hatte. Ringbolzen oder Steuermann Paulsen, wie wir ihn von nun an nennen wollen, saß über eine Seekarte gebeugt am Tisch. Aufblickend sah er, wie Gert vergeblich versuchte, die Tür zu Kapitän Ketelsens Kammer zu öffnen.

„Die hat Rappo verschlossen", sagte er. „Wenn es dir aber mal gelingt, hineinzukommen, dann sieh dich nach Pistolen um und stecke sie mir heimlich zu. Die brauchen wir, wenn's zum Klappen kommt."

„Oh, ich weiß, wo mindestens zehn oder zwölf Pistolen zu finden sind", erwiderte der Junge eifrig. „Vor ungefähr vierzehn Tagen musste ich Keppen Ketelsen helfen, sie alle zu putzen und zu ölen."

„Das ist gut. Mache dir den Schiffer gewogen und verschaffe uns die Pistolen sobald als möglich."

Um zwölf Uhr erschien Rappo in der Kajüte.

„Nun haben Sie Ihren Entschluss gefasst?", sagte er zu Paulsen.

„Ja, Kaptein, ich werde den Posten des Steuermannes an Bord der *Käthe* übernehmen."

„Das konnte ich mir denken, denn Sie sind ein verständiger Mensch. Sie sollen mit mir zufrieden sein und so viel Geld verdienen, dass Sie nach Beendigung dieser Reise nicht mehr zu See fahren brauchen. Tun Sie gewissenhaft Ihre Schuldigkeit, und ich bin Ihr Freund, Steuermann Paulsen."

Als der letztere weiter keine Antwort bekam, schloss er Keppen Ketelsens Kammer auf und begann in den Schiffspapieren herumzustöbern.

Elftes Kapitel

Rappo und Jörn verhandeln allerlei miteinander.
„Ich habe Sie von Anfang an für einen Seeräuber gehalten."
Warum Rappo den Matrosen Puvogel einen Schnappfisch nennt.

Seit der Aussetzung Keppen Ketelsens und seiner Leute war eine Woche vergangen. Inzwischen hatte sich die neue Besatzung der *Käthe* so in ihre Obliegenheiten hineingelebt, als ob gar nichts passiert wäre. Sie leistete Rappo Gehorsam, als sei er ihr gesetzmäßiger Kapitän, aber innerlich hegte jeder einzelne Mann einen bitteren Hass gegen ihn. Keiner wagte jedoch, diesen Hass zu zeigen. Paulsen, Puvogel, Döschkopp und Gert hatten diesen Stand der Dinge sehr bald mit großer Befriedigung durchschaut.

„Sie brutzeln inwendig wie Fische in der Bratpfanne", sagte Jörn eines Tages zu seinem jungen Freund. „Beim geringsten Stoß liegt das Fett im Feuer, und dann gibt's eine Explosion ... sieh zu, Sohn, lange dauert das nicht mehr. Da kommt der Mörderhauptmann schon wieder."

Rappo näherte sich den beiden mit schnellen Schritten. „Habe ich Ihnen nicht verboten, mit dem Jungen zu reden?", schnaubte er den Matrosen an.

„Das ist schon möglich", entgegnete Puvogel ruhig. „Aber ich habe manchmal kein gutes Gedächtnis."

Der Schiffer musterte ihn lange mit den Blicken, die nach und nach ihren finsteren Ausdruck verloren. Dann befahl er Gert, in die Kajüte und an seine Arbeit zu gehen. Der Junge verschwand schleunigst unter Deck, da er aber neugierig war, zu vernehmen, was die beiden etwa noch miteinander zu verhandeln hätten, schwang er sich in der Kajüte auf den Tisch und lugte durch das Oberlichtfenster, dessen eine Klappe ein wenig offen stand. Von hier aus konnte er das Kampanjedeck übersehen und auch jedes Wort hören. Puvogel und der Kapitän standen dicht neben dem Oberlicht.

„Sie sind ein großer Narr, Jörn", sagte der letztere, „aber als Janmaat können Sie nichts dafür. Sie weisen mir bei jeder Gelegenheit die Zähne, obgleich Sie sehr wohl wissen, dass ich

Sie jederzeit mit Gemütsruhe den Haien vorwerfen lassen könnte."

„Warum tun Sie es dann nicht? Wie ich Sie kenne, müssen Sie ja eine förmliche Sehnsucht nach einem neuen Mord haben."

„Lassen Sie das Geschwätz. Nach Ihrer Frage zu urteilen ..."

„Dank auch schön für das Kompliment", unterbrach ihn der Matrose. „Ich weiß gar nicht, ob das auf mein Gesicht passt, wir haben nämlich keinen Spiegel im Logis, so einen Luxus gibt es nur in der Kajüte. Freilich, lange ist es nicht her, da waren Sie auch noch vor dem Mast und im Logis, aber Sie haben sich verteufelt beeilt, achteraus in die Kajüte zu kommen, um Ihr liebliches Spitzbubengesicht im Spiegel bewundern zu können. Ist es nicht so?"

Rappo achtete nicht auf diese Bosheit des unverwüstlichen Jörn.

„Passen Sie auf, Mann", sagte er. „Ich nehme an, dass Sie kein Geldverächter sind."

„Ein Geldverächter? Ich? Mensch, ich liebe das Geld! Junge, Junge, ich bin ganz arg danach!"

„Sie würden für Geld alles tun, was?"

„Alles, was überhaupt getan werden kann!", rief Jörn mit einer so fürchterlichen Grimasse, dass Gert vor unterdrücktem Lachen beinahe vom Tisch gefallen wäre, während es ihn andererseits betrübte, ein solches Bekenntnis von seinem Freund hören zu müssen.

„Ich habe mich also nicht geirrt", sagte Rappo. „Sie sind der Mann, den ich brauche. Ich wünschte, ich hätte noch mehr von Ihrer Sorte an Bord."

„Was", entgegnete der Matrose, „mögen die anderen kein Geld lieben? Die mögen ja wohl verrückt sein. Die haben wohl gemeutert, weil sie befürchteten, der Kaptein würde die rückständige Heuer nicht ausbezahlen?"

Dabei schnitt er abermals eine entsetzliche Fratze, zugleich aber erkannte Gert auch, dass sein Freund ihn durch den Spalt des Oberlichts erspäht hatte.

„Kommen wir zur Sache", sagte Rappo. „Sie sind erbötig, für Geld alles Menschenmögliche zu tun?"

„Jawoll. Das haben Sie richtig erkannt!"

„Gut. Geben Sie acht. Wenn Sie treu zu mir halten wollen, dann sollen Sie Tausende von mir erhalten, Tausende. Stellen Sie sich das vor ... Tausende!"

Puvogel riss die Augen auf. Dann aber fragte er: „Was für Tausende?"

„Dollars, Pfunde, Franken, Lire ... was Sie wollen."

„Her damit, und wenn ich die Tausende eingesackt habe, dann will ich auch Kaptein zu Ihnen sagen!"

„Schön, zuvor aber müssen Sie etwas für mich tun."

„Sagen Sie, was ich tun soll. Für Tausende von Dollars, Pfunden, Franken und Lira tu ich eine ganze Menge."

„Ich verlange nicht viel. Sie sollen nur Ihre Schiffsmaaten bewegen, sich ohne Hinterhalt mir zur Verfügung zu stellen und mir in allen Stücken zu gehorchen, ohne zu murren und ohne von dem zu reden, was vergangen ist, dann sollen auch sie so viel von mir erhalten, dass sie zeitlebens versorgt sind."

„Das hört sich ja ganz fein an", entgegnete Puvogel und rieb sich seine Nase. „Wenn ich aber erst wüsste, wo all die Tausende herkommen sollen. Als Sie an Bord kamen, habe ich nicht gesehen, dass Sie sie bei sich hatten. Und Tausende sind doch ein ganzer Hümpel voll, die kann man nicht so einfach in der Hosentasche herumtragen. Wo haben Sie das Geld aufbewahrt?"

„Zu welchem Zweck, meinen Sie, haben wir diese Bark genommen?", entgegnete Rappo.

„Weil Sie den Steuermann Paulsen hier an Bord gefunden haben und weil Keppen Ketelsen davon sprach, Sie in Mauritius an Land zu setzen. Da aber Paulsen Steuermann auf der *Thetis* gewesen ist, dachten Sie, es könnte Ihnen nicht gut bekommen, wenn auch er mit nach Mauritius käme.

„Da haben Sie zum Teil nicht Unrecht. Aber ich hätte mich der Bark bemächtigt, auch wenn Paulsen nicht an Bord gewesen wäre. Ich war gezwungen, ein Schiff zu meiner Verfügung zu haben."

„Warum, im Namen aller blauen Deubels, haben Sie denn dann die *Thetis* in Brand gesteckt, als sie bereits in Ihrem Besitz war?", fragte Puvogel erstaunt.

„Ich habe sie nicht in Brand gesteckt."

„Dann taten's Ihre Leute. Von selber brennt ein Schiff nicht an."

„Von den Leuten, die mit mir hier an Bord sind, hat es auch keiner getan. Genug, sie geriet in Brand, und wir mussten sie verlassen."

„Hm", machte Jörn. „Das ist merkwürdig. Aber wo sind die Tausende?"

„Die liegen auf einer Insel. Wenn Sie tun, was ich von Ihnen verlange, dann sollen Sie in weniger als sechs Wochen Gold- und Silberstücke mit Schaufeln einsacken, wie Kohlen oder Kartoffeln."

„Das hört sich ja ganz fein an, aber woher wissen Sie, dass das Gold und das Silber auch wirklich dort sind?"

„Weil ich es gesehen habe ... weil ich geholfen habe, die Schätze anderen Schiffen wegzunehmen und sie dann auf der Insel zu verstauen. Ah, Mensch, wenn Sie wüssten!"

„Was ich nicht weiß, kann ich mir denken", sagte Puvogel. „Ich habe Sie von Anfang an für einen Seeräuber gehalten. Wenn nun aber andere Spitzbuben das Geld gestohlen haben?"

„Das ist unmöglich, denn kein lebender Mensch kennt das Versteck, außer mir. Ich kann Ihnen jetzt keine Beweise für die Wahrheit dessen, was ich Ihnen gesagt habe, geben, aber in sechs Wochen sollen Sie alles selber sehen."

Puvogel stand wie in Gedanken versunken, dabei aber blinzelte er mit einem Auge Gert zu, das andere hielt er fest auf Rappo gerichtet, und den Mund verzog er auf ganz unglaubliche Weise.

„Nun, was sagen Sie, Jörn?", fing Rappo wieder an. „Kann ich mich auf Sie verlassen?"

„Wenn ich das Geld kriege, ja. Für Geld tue ich alles."

„Dann sind wir also einig. Gehen Sie nun wieder nach vorn, und wenn die Leute da zu viel schelten und murren, dann melden Sie mir das. Es soll Ihr Schaden nicht sein."

„Für Geld tue ich alles", wiederholte der Matrose, „ja, Geld, Geld, Geld ist die Losung!"

Und die Fäuste in den Hosentaschen, den struppigen Dickkopf gesenkt, schob er nach vorn, um sich wieder an der Decksarbeit zu beteiligen.

Wenn Rappo jetzt sein Gesicht hätte beobachten können, dann würde er bald erkannt haben, dass dieser neugewonnene Verbündete keineswegs so geldgierig war, als es den Anschein hatte. Da er aber das wunderliche Mienenspiel Jörns nicht sah, ging er vor sich hin grinsend in Keppen Ketelsens Kammer.

„Der ist mir sicher, der blöde Dummkopf", sagte er zu sich selber. „Der würde für Geld seinen eigenen Vater verkaufen. Ich wollte, ich hätte mehr von der Art. Er soll so viel von mir kriegen, dass er dran genug hat, dass er nicht nach mehr verlangt, der Strohkopf, der gierige Schnappfisch! Hahahaha!"

Gert hatte die Blicke verstanden, die Jörn ihm durch den Spalt des Oberlichtfensters zugeworfen hatte. Anfänglich hatten des Matrosen Äußerungen ihn betroffen gemacht, jetzt aber war das alte Vertrauen wieder da, er zweifelte nicht im mindesten mehr an seines Freundes treuer und ehrlicher Gesinnung. Er beschloss, dem Steuermann Paulsen Mitteilung von dem Gehörten zu machen, vor allem aber sich mit Jörn Puvogel selber darüber auszusprechen.

Zwölftes Kapitel

Puvogels Plan. - Gerts Idee. - Was Steuermann Paulsen sagte.

Gert fand bald die Gelegenheit, verstohlen ein paar Worte mit Puvogel zu wechseln und ihn zu fragen, wann er eine Unterredung mit ihm haben könne. Der Matrose bestimmte als Zeit vier Glasen (zehn Uhr) in der ersten Nachtwache und als Ort die Leeseite der Kombüse, schärfte ihm aber größte Vorsicht ein, damit der Bootsmann ihn nicht gewahr würde.

„Ich werde pünktlich da sein", erwiderte Gert. „Den Bootsmann soll Ringbolzen mir vom Hals halten."

„Gut. Frag bei der Gelegenheit doch mal den Steuermann, ob er nicht weiß, wo Rappo mit der Bark hinwill. Der Kurs wird immer östlicher, so dass ich glaube, er steuert die Gegend von China an."

Gert versprach das und schlüpfte wieder achteraus. Rappo und der Steuermann pflegten pünktlich um sechs Uhr ihre Abendmahlzeit in der Kombüse einzunehmen, nach ihnen speisten der Bootsmann und Gert, den der Schiffer vom Decksjungen zum Kajütswächter degradiert hatte, miteinander. Den Steuermann traf diesmal die Wache von acht bis zwölf, die erste Nachtwache. Als der Bootsmann sein Mahl beendet hatte, ging er an Deck, um dort noch eine Pfeife zu rauchen und mit Rappo zu plaudern. Als der Steuermann gleich darauf aus irgendeinem Grund wieder in der Kajüte erschien, rief ihn Gert, der das Geschirr reinigte, leise in die Pantry.

Paulsen wurde neugierig und trat in den engen Raum.

„Was gibt's?", fragte er.

„Ich wollte Sie bitten, gegen vier Glasen den Bootsmann irgendwie in Anspruch zu nehmen, dass er nicht merkt, wenn ich nach vorn gehe, um mit Jörn Puvogel etwas Wichtiges zu besprechen. Können Sie das?"

„Ich denke, obgleich er immer Augen und Ohren überall hat, denn er und Rappo trauen ihren eigenen Leuten nicht. Du musst also sehr vorsichtig sein."

„Das mach ich schon. Er soll mich weder sehen noch hören."

„Gut", sagte Paulsen. „Punkt fünf Minuten vor zehn Uhr werde ich vorgeben, zu Luwart voraus ein Licht wahrzunehmen und ihn fragen, ob er es auch sieht. Dann kannst du dich in Lee nach vorn schleichen."

Des Steuermanns List gelang, und Gert erreichte zur rechten Zeit glücklich die Kombüse. Von der Mannschaft der Wache war keiner an Deck sichtbar. Die Disziplin wurde unter Kapitän Rappo sehr schlaff gehandhabt, die Leute, mit Ausnahme des Mannes am Ruder und desjenigen auf dem Ausguck, brachten die Zeit der Wache an Deck zumeist im Logis, auf ihren Seekisten liegend, zu.

Gleich nach vier Glasen erschien Jörn, der bis dahin am Ruder gestanden hatte.

„Geh in die Kombüse, Sohn", raunte er Gert zu. „Ich will mal eben meine Pfeife holen und dann können wir uns nach Herzenslust unterhalten."

Gesagt, getan.

„Also nun raus mit deinem Plan, Gert", sagte der Matrose, als sie einige Minuten später auf der Bank in der Kombüse saßen, in dem Bewusstsein, von niemandem gestört zu werden, „denn du hast doch einen, und wenn du einen hast, dann habe ich einen ... nämlich wie wir das Schiff wiederbekommen können."

Gert hatte sich allerdings einen Plan ausgedacht. Er wollte aber zuerst den seines Freundes kennenlernen, der diesem Verlangen auch sogleich entsprach.

„Ob unser Plan gut ist, weiß ich nicht, aber schlecht ist er noch lange nicht", sagte er. „Ich habe ihn nämlich mit Döschkopp zusammen ausgedacht. Er wäre gern mit hergekommen, da er jetzt aber Freiwache hat, so hätten ihn die anderen in seiner Koje vermisst."

„Das ist richtig", nickte Gert, „aber lass hören."

„Du hast mein Gespräch mit Rappo heute belauscht, wie ich sah", fuhr Jörn fort. „Er traut seinen Leuten nicht, aber er würde Angst vor ihnen kriegen, wenn er wüsste, wie sie im Logis von ihm reden. Ich soll die Kerls behorchen und ihm dann Bericht erstatten. Der Schnapskopf denkt, wenn er mir den Mund mit seinen Dollars, Pfunden, Franken und Lire wässerig macht, will ich sein Spion werden. Aber da kann ich nur lachen. All das Geld kriegen wir auch so und ihn werden wir los."

„Glaubst du, dass die Schätze wirklich existieren?"

„Ja, das glaube ich, Gert. Rappo ist ein ganz Kluger, und er ist nicht umsonst sein Leben lang auf See herumgeschwalt, mit dem Teufel als Kapitän. Du kannst sicher sein, dass er irgendwo so viel wie möglich aus dem Raub, der ihm in die Krallen kam, verborgen und weggestaut hat. Hast du Steuermann Paulsen gefragt, wohin die Fahrt gehen soll?"

„Ja. Er sagt, der jetzige Kurs brächte uns an die Küste von Java, er meint aber, dass Rappo durch die Sundastraße will.

„Das denke ich auch", sagte der Matrose. Zu einer von den Inseln in der Gegend. Da hat er all die Tausende liegen. Wenn wir die Bark wiederhaben, dann wollen wir gründlich danach suchen. Und jetzt komme ich zu unserem Plan. Wir müssen uns bei jeder Gelegenheit freundlich und willig gegenüber Rappo benehmen, nicht auffällig, verstehst du. Wenn er anfängt, dir wieder von dem Geld zu erzählen, dann musst du die Augen verdrehen und musst ihm sagen, dass dir verdammt wenig am Geld und Gut liegen würde. Wenn er nach einiger Zeit wieder davon anfängt, dann verdrehst du die Augen noch einmal, aber dann sagst du ihm, dass du für genügend Geld auch deine eigene Großmutter verkaufen würdest. Aber wie ist es mit Steuermann Paulsen? Du kennst ihn besser als Döschkopp und ich. Würde er sich auch dazu verstehen?"

„Nein, Jörn, denn täte er das, dann wäre das nicht schlau von ihm. Rappo kennt ihn zu genau. Auch gehört er ja eigentlich nicht zu uns, er mag also tun, was ihm gefällt. Es ist besser, wenn er äußerlich nicht zu uns hält."

„Richtig, Sohnemann, du bist ein verständiger Junge. Sobald also Rappo von dem Schatz anfängt, müssen wir alle tun, als würden wir ganz benebelt von dem Gedanken. Wir müssen ihm so wohlgefällig sein, wie ein Stück Schweinefleisch einem Hai ist, ehe er spürt, dass ein Haken drin ist mit einer Leine dran. Wenn wir dann in Landnähe kommen, dann fallen wir über die ganze Bande her, schlagen so vielen wie möglich die Köpfe ein, nehmen den Rest gefangen, und dann ist die Bark wieder unser. Das ist mein Plan, hast du einen besseren, dann sag ihn."

Gert sann eine Weile nach.

„Ich meine, das Wagnis ist zu groß", begann er dann. „Du musst nicht vergessen, dass auf jeden von uns drei Mann kommen. Ich weiß einen anderen Rat. Wir warten, bis wir eine steife Brise kriegen, nicht gerade einen Sturm, aber doch so viel Wind, dass vier Mann zum Segelbergen nach oben müssen. So ein Wetter wäre am besten. Wessen Wache es dann gerade ist, deine oder Döschkopps, der muss an Deck bleiben und wie ein Wilder mit einem schweren Stück Dings, etwa einem eisernen Koffeenagel, über den unten gebliebenen Rest herfallen. Die paar Mann sind im Nu niedergeschlagen, da sie so etwas nicht erwarten. Mit den einzelnen von oben Kommenden wird's ebenso gemacht. Das ist nur so ungefähr meine Idee, die natürlich noch besprochen werden muss."

„Und die Freiwache?", warf Jörn ein?

„Die wird im Logis eingeschlossen, ausgenommen wer zu uns gehört. Der muss ausgepurrt werden, ehe wir anfangen."

Jörn Puvogel wiegte den Kopf sinnend hin und her.

„Du musst die beiden Pläne Paulsen erzählen", sagte er endlich, „und ich werde mit Döschkopp darüber reden, und dann werden wir sehen, wer die meisten Stimmen kriegt."

„Einverstanden", sagte Gert. „Wir dürfen aber keine Zeit verlieren, sondern müssen die erste Gelegenheit wahrnehmen. Ich will mich auch verpflichten, euch Pistolen zu verschaffen, ehe die Kerle wieder oben sind."

Sie überlegten hin und her. Gert war für möglichst schnelles Handeln, Puvogel warnte vor Übereilung. Endlich kamen sie auf die einzelnen Thetisleute zu sprechen.

„Döschkopp meinte, in seiner Wache sei einer, der ein ganz ordentlicher Mensch sein könnte", sagte Jörn, „ich aber traue keinem einzigen von der Bande."

„Weißt du, wie er heißt?", fragte Gert.

„Ja, Brommel heißt er. Er hat beinahe so ein schönes Gesicht wie ich, das kommt von der großen Narbe, die er über der Stirn und Backe hat. Seine Schönheit ist also künstlich entstanden, meine aber ganz natürlich!"

„Darauf kannst du dir was einbilden", lachte Gert.

„Steuermann Paulsen hat übrigens den Brommel auch schon genannt, ich weiß aber nicht mehr, in welchem Sinne. Ich werde ihn fragen."

Gerts Zeit war zu Ende, er huschte schon wieder achteraus, erreichte unbemerkt seine Koje und lag wenige Minuten später in tiefem Schlaf.

Paulsen zog beide Pläne in Erwägung. Er hielt es für richtig, Rappo vertrauensselig zu machen, andererseits aber stimmte er auch für die schleunigste Wiedereroberung der Bark. Dann sollte nach Kalkutta gesegelt, die Ladung gelöscht und die Seeräuber dem Gericht überliefert werden. An das Vorhandensein der Schätze glaubte er nicht. Rappo sei ein zu großer Lügner, der Puvogel und seine Gefährten durch solche Vorspiegelungen an sich fesseln und zu Piraten machen wolle. Ihn selber, Paulsen, aber würde er aus der Welt schaffen, sobald er seine Dienste nicht mehr brauchte.

„Wenn wir Brommel, den ich für einen braven Menschen halte, auf unsere Seite bringe", sagte er zu Gert, „und wenn du uns die Pistolen verschaffst, dann soll die Bark bald wieder in unseren Händen sein. Rappo ist so argwöhnisch auf seine Kerle, dass er ihnen keine Waffen anvertrauen wird. Ich glaube, selbst der Bootsmann hat nichts als ein Messer."

„Ich werde die Augen offen halten", erwiderte der Junge. „Wenn Rappo die Pistolen nicht entdeckt und anderswo hingetan hat, dann bringe ich sie."

„Das ist kaum denkbar, denn unter den Bodenbrettern im Logis sucht man so leicht nicht nach dergleichen Dingen. Was hat Keppen Ketelsen übrigens veranlasst, die Pistolen dort zu verbergen?"

„Das hat nicht Keppen Ketlesen, das hat mein Vater getan, als meine Mutter eine Reise mit ihm machen sollte, denn die fürchtete sich vor Feuerwaffen. Da aber die Fahrt nach China ging, mussten Schießgewehre an Bord sein. Da liegt auch noch eine sehr gute Kanone im Vorderraum verstaut, die *Käthe* ist daher tüchtig bewaffnet."

„Wer ist dein Vater? Was hat er mit dieser Bark zu tun?"

„Er ist der Eigentümer der *Käthe* und hat sie auch als Kapitän gefahren, bis er krank wurde und Keppen Ketelsen an seine Stelle setzte."

Paulsen machte große Augen.

„Da bist du also der Sohn des Reeders!", rief er. Nun, ich werde mein bestes tun, die Bark wieder in deines Vaters Besitz zu bringen Zunächst will ich mit Brommel reden."

Während der folgenden Tage beobachtete Gert den Kapitän Rappo auf Schritt und Tritt, in der Hoffnung, dass der einmal seine Kammertüre unverschlossen lassen würde. Als dieser Fall jedoch nicht eintrat, beschloss er, sich aus Draht einen Nachschlüssel anzufertigen.

Der Steuermann fand Brommel gutgesinnt und bereitwillig, man hatte jetzt also nur noch die passende Gelegenheit abzuwarten.

Dreizehntes Kapitel

Die Thetisleute revoltieren. - Wie es kam, dass Gert den Seeräuberkapitän niederschoss. - Die zweite Kugel dem Bootsmann. „Wir haben jetzt die Bark wieder". - Wie Puvogel Rappo in Eisen legt.

Die Spannung zwischen Rappo und der Mannschaft von der *Thetis* wurde mit jedem Tag schärfer. Sie hatten ihm die Macht eingeräumt, und nun gab er sie ihnen bei jeder Gelegenheit zu fühlen. Sie hatten allerdings nur die unumgängliche Schiffsarbeit zu verrichten, allein sie mussten vorn im Logis wohnen und erhielten die gewöhnliche Matrosenkost, während Rappo und der Bootsmann achtern residierten und sich an dem feinen Kajütenproviant gütlich taten. Das wollten sie sich nicht länger gefallen lassen.

„Die sind nicht mehr als wir", hieß es eines Morgens beim Frühstück, „warum sollen die besseres Essen haben?"

„Das ist unsere eigene Schuld", sagte Brommel. „Wollen achterns gehen und Rappo nach seiner Meinung fragen."

„Wer soll reden?"

„Wir alle! Er ist ebenso wenig Kapitän wie wir, Maaten."

Einer nahm die hölzerne Back mit dem fetten, verdächtig riechenden Schweinefleisch, ein anderer die Back mit dem wurmzerfressenen Brot und ein dritter einen Hakenpott mit Kaffee. Diese drei gingen voran, die anderen schlenderten hinterdrein. Die Wache an Deck schloss sich ihnen an, so dass sich die ganze Mannschaft, mit Ausnahme von Puvogel, Döschkopp, Gert und Steuermann Paulsen in offener Revolte befand. Puvogel stand am Ruder, hatte also nicht zur Beteiligung aufgefordert werden können, Döschkopp hatte abgelehnt und gesagt, was die Thetisleute vorhätten, ginge ihn nichts an.

Rappo und Paulsen saßen beim Frühstück, als die Unzufriedenen vor dem Achterdeck anlangten. Der Bootsmann rief dem Kapitän durch die Kajütsklappe zu, schnell heraufzukommen, und Rappo erschien gerade in dem Moment an Deck, als einer der Leute die Achterdeckstreppe zu ersteigen begann.

„Zurück!", schrie er. „Zurück, oder ich schieße!"

Beim Anblick der gespannten Pistole blieb der Mann stehen, ehe er aber seine Rede vorbringen konnte, begann die ganze Schar durcheinander zu schreien. Rappo wäre kein Kapitän. Sie wollten besseres Essen haben. Sie wollten wissen, wo die Insel wäre, von der er an Bord der *Thetis* so viel geschwatzt habe, und das viele Geld, das sie haben sollten, wenn sie mit ihm meuterten. Am meisten aber wurde wegen der Kost geschrien und geflucht, und als einer vorschlug, die Kajüte in Beschlag zu nehmen und fortan da zu wohnen, pflichteten ihm alle mit Gebrüll und Gelächter bei.

Rappo war bei dem Toben ganz ruhig geblieben.

„Wie ihr wollt, Maaten", sagte er. „Ich kann ja auch mit meinen Kramstücken nach vorn ins Logis ziehen. Aber bis ihr einen anderen Schiffer erwählt haben, bleibe ich hier."

„Hast ja gar keine Kramstücken mit an Bord gebracht!", rief ein anderer.

„Wer soll mein Nachfolger sein?", fragte Rappo.

Die Leute berieten einige Minuten, dann nahm einer das Wort:

„Wir wollen dich als Schiffer schon noch behalten, weil kein anderer Navigation versteht, aber du sollst uns gut behandeln und gut beköstigen und uns auch auf der Karte die Insel zeigen. Hole uns die Karte."

„Wenn ihr versprecht, nicht auf das Achterdeck zu kommen, während ich in der Kajüte bin, dann will ich die Karte bringen."

„Das versprechen wir."

Das war's, was Rappo wollte, denn er hatte entdeckt, dass er keine Munition bei sich hatte, und sagte sich, dass er und der Bootsmann ohne Feuerwaffen der Überzahl bald unterliegen müssten, wenn es zum Handgemenge käme. Ein finsteres, teuflisches Lächeln wetterleuchtete auf seinem Gesicht, als er der Kajütsklappe zuschritt. Ehe er hinunterging, zögerte er einen Moment und sagte mit unterdrückter Stimme zu dem am Ruder stehenden Puvogel:

„Auf dich kann ich mich verlassen, Freund Jörn. Ich schwöre dir, da sind Tausende, Zehntausende auf der Insel, und die sollst du haben, wenn du treu zu mir hältst."

„Ich weiß Bescheid", brummte der Matrose, Rappo mit einem schnellen, eigentümlichen Blick streifend und dann seine ganze Aufmerksamkeit wieder nach mittschiffs richtend, wo Brommel an der Steuerbordreling lehnte und gespannt achteraus schaute.

Gert war in der Kajüte geblieben. Als Rappo an Deck eilte, ward er gewahr, dass derselbe seine Kammertür offengelassen hatte. Blitzschnell huschte er hinein, holte die Pistolen aus ihrem Versteck und begann sie hastig zu laden, in der Absicht, je ein Paar davon Jörn Puvogel und Steuermann Paulsen zuzustecken. Bei dieser Beschäftigung überraschte ihn der Schiffer. Einen kurzen Moment standen beide starr, dann führte Rappo mit einem fürchterlichen Fluch einen Faustschlag nach des Jungen Kopf. Der sprang jedoch gewandt zur Seite und feuerte dabei unbewusst und instinktiv die Pistole, die er gerade in der Hand hatte, auf den Seeräuber ab, der sogleich stöhnend zu Boden stürzte.

In fliegender Hast schob jetzt der Junge, in dem urplötzlich der echte Kampfesmut erwacht war, vier Pistolen in die Brust seines Wollhemdes, ergriff eine fünfte und sprang auf die Treppe zu. Hier kam ihm der Bootsmann entgegen, vom Knall des Schusses herbeigerufen.

„Aus dem Weg!", rief Gert in höchster Erregung ihm zu.

Statt der Antwort warf der Bootsmann sein Messer nach ihm, fehlte jedoch und kollerte, von Gerts Kugel getroffen, die Stufen herab, gerade als Paulsen auf dem Schauplatz erschien.

Gert reichte ihm zwei der Pistolen, dann ging's in langen Sätzen die Treppe hinauf, Jörn erhielt seine Waffen, und nun eilten alle drei zur Vorderkante des Achterdecks, wo soeben die Thetisleute die Treppe heraufstürmten.

„Zurück, ihr Halunken!", schrie der Steuermann, aber niemand hörte auf ihn.

Da krachten drei Schüsse; drei Leute fielen.

Die anderen stutzten, wandten sich aber zu wilder Flucht, als plötzlich Döschkopp und Brommel von hinten mit Handpeitschen über sie herfielen und nach links und rechts kräftig in den gedrängten Haufen hineinschlugen. Einige Kugeln pfiffen ihnen nach.

Inzwischen war die sich selber überlassene Bark in den Wind aufgedreht, und die Segel begannen gewaltig zu knattern und zu schlagen. Jörn sprang wieder ans Ruder, drehte das Rad hart auf, und nach weinigen Minuten stand die Leinwand wieder voll.

Nunmehr wurden Rappo und der Bootsmann von Paulsen sorgfältig gefesselt. Sie leisteten keinen Widerstand, denn der war ihnen infolge ihrer Verwundungen vorläufig vergangen.

Gert, Döschkopp und Brommel hatten sich an der Brüstung des Achterdecks stationiert, mit geladenen Pistolen und reichlich mit Munition versehen, bereit, die Thetismeuterer scharf zu empfangen, wenn die etwa einen Angriff versuchen sollten. Es ließ sich jedoch keiner sehen.

Nach einer Weile kam Paulsen wieder an Deck.

„Habt Ihr die Brüder ordentlich festgekettet, Steuermann?", fragte Puvogel.

„Fein", war die Antwort, „die können sich nicht mehr rühren. Wo aber sind die anderen Blessierten?"

„Die haben ihre Maaten mit nach vorn geschleppt."

„Das kann uns recht sein. Wir haben jetzt die Bark wieder, das ist die Hauptsache."

„Und Sie sind unser Kaptein", sagte Puvogel. „Was Sie anordnen, das machen wir. Ist es nicht so, Maaten?"

„So ist es", antworteten die drei anderen, und Döschkopp fügte hinzu: „Sollen wir nun nach vorne gehen und die Kerle totschießen? Sie haben Keppen Ketelsen und Steuermann Roller und alle unsere Schiffsmaaten ohne Wasser und Proviant, ohne Riemen und Seile einfach wegtreiben lassen, das muss bestraft werden."

„Nein, Leute", erwiderte Paulsen, „wir wollen kein Blut mehr vergießen, wenn wir es vermeiden können. Überlassen wir unserem Herrgott die Bestrafung. ich werde sie anpreien und sie auffordern, achteraus zu kommen ... Hallo! Hört her!"

Als er den Anruf mehrmals wiederholt hatte, erschien ein Kopf in der Logisklappe, und eine Stimme rief:

„Was soll's?"

„Kommt achteraus bis an die Großluk, ich will mit euch reden."

„Schießen wollt ihr auf uns!", ließ eine andere Stimme sich hören.

„Wenn ihr nicht versucht, auf das Achterdeck zu kommen, soll kein Schuss fallen", antwortete Paulsen. „Mein Ehrenwort darauf. Wollt ihr nicht kommen, dann bleibt wo ihr seid. Ich gebe euch eine Stunde zur Überlegung."

Damit war die Verhandlung vorläufig abgebrochen.

Jetzt ging Paulsen mit Gert in die Kajüte, um nach Rappo und dem Bootsmann zu sehen. Gerts Kugel hatte dem ersteren das Schlüsselbein zerschmettert, der andere hatte nur einen leichten Streifschuss am Kopf erhalten. Paulsen hatte sie an die Beine des großen Tisches gebunden, jeden an eine Seite. Als Rappo den Jungen erblickte, nahm er sogleich das Wort.

„Das war ein guter Treffer, Junge", sagte er. „Ich mache dir keinen Vorwurf. Ich bin ein Esel gewesen, dich so hier unten herumlungern zu lassen, da ich doch wissen musste, was für ein Bursche du bist. In Zukunft werde ich klüger sein. Denn wenn wir auch jetzt in eurer Gewalt sind, so müsste es doch mit dem Teufel zugehen, wenn das Blättchen sich nicht wieder wenden sollte."

Paulsen verband die Wunde des Bootsmannes, dann legte er ihm Handschellen an und schloss ihn in seine Kammer ein. Der wüste Mensch schalt und fluchte dabei in einem fort und verwünschte Rappo, weil der die ganze Besatzung der *Käthe* nicht ohne weiteres über Bord geworfen hatte.

„Ich wollte, ich hätte es getan", brummte der. „Aber noch leben wir ja."

Paulsen verband auch seine Wunde so gut er konnte und begab sich dann mit Gert wieder an Deck.

Auf Puvogels Frage berichtete er diesem, wie es unten stand.

„Haben Sie denn Rappo nicht in Eisen gelegt?", sagte der Matrose verwundert.

„Nein, das war nicht nötig, der kann sich nicht rühren."

„Trauen Sie dem Kerl nicht!", warnte Jörn. „Trauen Sie ihm nicht! Ich kenne die Sorte. Wenn Ihnen der Galgen in Aussicht stünde, würden Sie nicht alles daransetzen, der

Schlinge zu entgehen? Ich wenigstens tät's. In Eisen mit ihm, Steuermann, in Eisen mit ihm!"

„Sicherer wär's ja", sagte Paulsen nachdenklich, „aber auch grausam."

„Grausam?", entgegnete Jörn verächtlich, „haben wir ihn an Bord gerufen? Und als wir ihn und seine Bande gastfreundlich aufgenommen hatten, was tat die verdammte Brut da? Schmiede ihn in Eisen, Steuermann! Und wenn Sie das nicht tun mögen, weil Ihr Herz zu weich ist, dann lassen Sie mich das machen, ich will auch recht zart mit dem Hund umgehen."

Paulsen willigte widerstrebend ein. Gert übernahm das Ruder, Jörn aber holte Handschellen und begab sich nach Keppen Ketelsens Kammer, wohin der Steuermann den Patienten geschafft hatte. Derselbe lag ganz erschöpft in der Koje.

„Ich störe Sie ungern, Keppen Rappo", begann der Matrose grinsend, „aber ich habe den Befehl, Sie in Eisen zu legen. Her mit den Vorderflossen!"

Rappo sah ihn lange an, dann sagte er: „Sie sind ein Dummkopf. Warum haben Sie nicht zu mir gehalten? Ich hätte Ihnen gegeben, was ich versprach. Aber es ist noch nicht zu spät."

„Flossen her!", wiederholte Jörn, und im Nu saßen die kalten klirrenden Fesseln an des Seeräubers Handgelenken. Darauf zog er ihn ohne viel Federlesen gewaltsam aus der Koje, schleppte ihn nach Gerts Kammer und schloss hinter ihm die Tür zu.

Vierzehntes Kapitel

Nächtlicher Überfall.
"Sie haben sich ihr Schicksal selber zuzuschreiben."
Warum Jörn Rappo einen heimlichen Hund nennt.

Nicht nur die Stunde, die Steuermann Paulsen den Thetisleuten zur Überlegung gegeben hatte verstrich, sondern auch der ganze Nachmittag ging dahin, ohne dass einer der Kerle sich wieder gezeigt hätte. Die Sonne ging unter, es wurde finster. Die kleine Schar unserer Freunde war auf ihrer Hut und hielt ihre Waffen bereit, um einen verräterischen Überfall nachdrücklichst zurückweisen zu können.

„Höre, Jörn", sagte Gert leise zu diesem, „ich weiß, dass die Meuterer gegenwärtig alle im Logis sind. Ich werde mich nach vorn schleichen, die Klappe zuziehen und ein Hängeschloss davorlegen. Dann haben wir sie in der Falle.

„Der Gedanke ist nicht schlecht", erwiderte der Matrose nach einigem Besinnen, „aber allein lass' ich dich nicht gehen, ich komme mit. Wir müssen jedoch vorher dem Steuermann Bescheid sagen."

Paulsen war einverstanden, Gert holte das Hängeschloss aus der Pantry und machte sich dann mit Jörn auf den Weg. Die Nacht war sehr dunkel, nur die Sterne verbreiteten ein schwaches, kaum merkbares Licht. Lautlos schlichen die beiden im Schatten der Schanzkleidung entlang.

In der Gegend des Großmastes angekommen, vernahmen sie plötzlich auf der Luvseite Schritte, und in demselben Augenblick dröhnte auch schon die Stimme des Steuermannes von achtern her:

„Wer kommt da?"

„Ich bin's, Jan Palm", kam die Antwort. „Wir haben uns die Sache überlegt, und ich bringe den Bescheid."

Gert hörte nicht mehr, was Paulsen darauf entgegnete, denn Puvogel hatte auf einmal sein Messer aus der Scheide gerissen und damit einen Stoß über die Reling hinweg geführt. Unmittelbar darauf hörte man einen dumpfen Wehruf und einen Fall in die aufrauschende See.

„Pass acht!", brüllte der Matrose, „sie kommen außenbords längs der Verschanzung achteraus!"

Auf dem Achterdeck krachte ein Schuss.

„Lauf zurück, Gert!", rief Jörn, sprang quer über das Deck und warf sich auf Jan Palm. Gert aber, anstatt der Weisung zu folgen, rannte nach vorn. Die Logisklappe war offen, aber unten befand sich keine Seele. Er warf die Klappe zu, hängte das Schloss davor und flog dann achteraus, seinen Gefährten beizustehen, die sich bereits mit den Meuterern herumschlugen, denen es gelungen war, das Achterdeck zu ersteigen. Der Kampf war heftig, aber kurz. Die wenigen Feinde, die übrigblieben, flohen nach vorn, als sie jedoch das Logis verschlossen fanden, hielten sie es für das beste, sich bedingungslos zu ergeben.

Jan Palm lag ächzend an Deck. Er hatte unter Jörn Puvogels Faustschlägen und Bärenumarmung beinahe das Leben lassen müssen. Von seinem Messer hatte der letztere keinen Gebrauch gemacht. Drei andere Meuterer waren über Bord gestoßen worden und konnten in der Finsternis und bei der schnellen Fahrt der Bark nicht gerettet werden.

„Sie haben sich ihr Schicksal selber zuzuschreiben," sagte Jörn, „hätten sie sich zu rechter Zeit besonnen, dann hätten sie noch lange leben und vielleicht sogar Großväter werden können."

Die Verwundeten wurden versorgt und dann die Wachen verteilt. Brommel und Döschkopp bildeten die Backbord-, Gert und Puvogel die Steuerbordwache. Die gefesselten Gefangenen brachte man ins Logis und schloss sie dort ein. Jede halbe Stunde kam einer von der Wache, sie zu kontrollieren, denn Steuermann Paulsen kannte die Gefährlichkeit dieser verschlagenen Gesellen.

Die Nacht verlief ruhig. Gert und Puvogel unterhielten sich über Rappo und dessen verborgene Schätze. Der Junge stand am Ruder, der Matrose saß mit seiner Pfeife neben ihm an Deck.

„Ich möchte wohl wetten, dass die Dollars und Pfund und Franken wirklich dort sind", sagte Jörn. „Der Lump ist ein großer Lügner. Aber wenn das Geld nicht existieren würde, warum hätte er uns dann die Bark wegnehmen sollen?"

„Etwas Wahres wird wohl dran sein", erwiderte Gert. „Als er sich neulich wusch, da habe ich eine kleine Ledertasche gesehen, die er an einem Riemen auf der Brust trägt. Er wusste nicht, dass ich ihn beobachte. Du, Jörn, die Tasche müssen wir ihm wegnehmen. Vielleicht ist eine Karte von der Insel oder so etwas Ähnliches drin."

„Eine Ledertasche hat er bei sich, der heimliche Hund?", sagte der Matrose. „Die müssen wir haben, und zwar gleich morgen!"

„Warum nicht schon heute, Jörn, um acht Glasen? Der Steuermann hat nämlich den Kurs geändert, er will nach Kalkutta und dort die Ladung löschen. Wenn wir aber die Lage der Insel feststellen können, dann segeln wir ohne Zweifel direkt dorthin und holen uns, was dort an Schätzen zu finden ist.

„Darüber kann Paulsen entscheiden, aber Rappos Tasche holen wir uns, sobald die andere Wache an Deck kommt", sagte der Matrose. „Ich gehe jetzt nach vorn, zu sehen, ob unsere Passagiere sich wohl fühlen, dann komme ich wieder und löse dich ab."

Fünfzehntes Kapitel

Wie Jörn und Gert dem Seeräuber die geheime Tasche rauben. „Mein Amulett!" - Das Dokument. - „Was ist nun mit dem vielen Geld?" - Die Beratung. - Wie der Zimmermann und der zweite Steuermann der ‚Thetis' zu Tode kamen.

Um acht Glasen kamen die zwei Mann der Backbordwache an Deck, und Gert und Jörn schlichen sich in die Kajüte und zur Kammer in der Rappo gefangen lag.

„Was wollt ihr hier?", knurrte er aus seiner Koje zornig die Eintretenden an.

„Wir möchten gern noch was von dem vielen Geld hören, Kaptein", antwortete Jörn. „Sie sollen uns sagen, wo es zu finden ist. Sie wissen ja, wie arg versessen ich auf Geld bin."

„Ich gebe mein Geheimnis nicht preis", entgegnete der Seeräuber. „Nur ich allein kenne den Ort, wo der Schatz liegt. Aber wenn ihr mir wieder zu der Bark verhelfen wollt, dann schwöre ich euch, dass ihr euren Anteil haben sollt. Einen heiligen Eid will ich leisten ..."

„Behalten Sie Ihren heiligen Eid für sich", unterbrach ihn Jörn, „wir sind nicht gekommen, um mit Ihnen zu palavern. Machen Sie Ihr Hemd da vorn auf und rücken Sie die Ledertasche raus, die Sie da haben."

Rappos Augen begannen zu funkeln wie die eines in der Falle sitzenden Panthers. Zugleich wurde er totenbleich.

„Geht zur Hölle!", stieß er wütend zwischen den Zähnen hervor.

„Verzeihen Sie, Kaptein", grinste Jörn, „ich hatte ganz vergessen, dass Sie Ihre Flossen nicht rühren können. Ich werde Ihnen behilflich sein, liegen Sie nur ganz still. Halte die Lampe, Gert. Ruhig, Kaptein, ruhig. Donnerwetter, wie giftig mich der Kerl anstiert! Streng dich nicht an, alter Junge, du könntest dir Schaden zufügen!"

Rappo hatte sich gewaltsam herumgeworfen und lag nun auf dem Bauch. Das von wahrhaft teuflischer Wut und wilder Angst verzerrte Gesicht aber hielt er den beiden zugewendet und stieß dabei eine Kette von Flüchen aus, die ein Linienschiff zum Sinken gebracht hätten. Gert fuhr vor Entsetzen und Abscheu zurück.

„Ein Heiliger ist der wirklich nicht", bemerkte der Matrose gelassen. „Halte ihm die Fäuste fest, Junge. Und nun her mit der Tasche, du schauderhaftes Untier!"

Damit fuhr er mit der Hand dem Rasenden an die Kehle und drückte ihm die Luft ab, mit der anderen fasste er die Tasche und zerriss mit einem mächtigen Ruck den Riemen.

„Komm, Sohn, ich habe sie", sagte er zu Gert. „Nun wollen wir den Herrn Kapitän nicht länger stören. Nun kann er sich selber etwas vorfluchen."

Sie verließen die Kammer und schlossen die Tür hinter sich wieder zu.

„Mein Amulett, mein Amulett!", hörten sie den Seeräuber noch kreischen. „Jetzt ist alles aus, jetzt bin ich verloren, verloren, verloren!"

Ein Schwall der fürchterlichen Flüche folgte, endet aber bald in einem Gestöhn der grässlichsten Verzweiflung.

„Donnerschlag!", rief der Matrose und holte tief Atem, „sowas gruseliges habe ich mein Lebtag noch nicht gehört! Er schreit nach seinem Amulett! Das wird ein Teufelskram sein. Und jetzt ist es in meiner Tasche. Da ist ganz sicher der Plan von der Insel drin, sonst wäre er nicht so furchtbar wild geworden."

Er betrachtete die Tasche von allen Seiten. Sie war mit starkem Segelgarn zugenäht, und zwar dem Anschein nach bereits vor vielen Jahren. Er zog ein Messer und trennte die Naht vorsichtig auf. Die Tasche enthielt ein klein zusammengefaltetes Stück, starken, vielfach gefleckten Papiers.

„Das ist der Plan von der Insel!", sagte Puvogel freudig. „Dutzende, Gert, Dutzende! Hörst du Junge? Diesmal hat er Bandit also nicht gelogen."

„Nicht so voreilig, Jörn", entgegnete der Junge. „Wir wissen ja noch gar nicht, was auf dem Papier steht."

Er nahm es dem Matrosen aus der Hand und breitete es auf dem Tisch der Kajüte aus.

„Es sieht nicht aus wie eine Karte", sagte er. „Geschriebenes ist darauf und die Flecke sind Blut!"

„Das wundert mich nicht", brummte Jörn. „Aber was sagt das Geschriebene? Was von dem Geld?"

Gert ließ seine Augen über das Dokument schweifen. Die Schrift war ziemlich deutlich, rührte aber von der Hand eines ungebildeten Menschen her und war an vielen Stellen wegen der dunklen Flecke kaum zu entziffern.

„Warte, Junge, ich hole den Steuermann, er muss das lesen." Er lief zu Paulsens Kammer und kehrte sehr bald mit diesem zurück. Er wurde über die Herkunft des Dokuments informiert, musterte es von allen Seiten und begann dann zu lesen, wie folgt:

„Die Brückeninsel liegt so annähernd als möglich unter 5° Südbreite und 118° Ostlänge. Sie ist zu erkennen an zwei hohen Bergen, die, wenn man von Norden kommt, durch eine Felsbrücke verbunden zu sein scheinen. Das Wasser ist tief bis dicht unter Land. Ist man der Insel bis auf anderthalb Meilen nahe gekommen, dann verschwindet die Brücke, und ein Felskegel kommt in Sicht, auf dessen Spitze ein großer, runder Stein liegt. Man kann dicht heransegeln, denn es ist überall genug Wasser.

Jetzt zeigt sich vor dem Segler ein Hügel, der ein fester Block von schwarzem Gestein zu sein scheint. Dem ist aber nicht so, denn dieser Block hat eine Öffnung, und diese ist die Einfahrt zu einer großen Schlucht.

Man setzt die Fahrt unter Marssegeln fort, bis der Felskegel mit der Kugel passiert ist, dann nimmt man alle Segel weg und steht klar beim Anker. Das Fahrzeug treibt mit einer Strömung weiter und unter der Brücke fort, die man von See aus gesichtet hat. Ist diese passiert, dann verengt sich die Schlucht, bis ringsum nachtschwarze Finsternis ist. Man versuche nicht, das Fahrzeug zu steuern, sondern überlasse es ruhig der Strömung.

Nach zehn Minuten währender Finsternis fühlt man das Fahrzeug sich plötzlich Steuerbord drehen und gleich darauf wird es hell, und man kommt in eine Art von Bai, die rings von hohen Felswänden umgeben ist. Jetzt Anker fallen, sechzig Faden Kette ausstecken und das Fahrzeug liegt sicher. Will man wieder fort, dann auf Anker, und die Strömung führt einen wieder nach See zu."

Hier wurde die Schrift fast unleserlich. Paulsen buchstabierte noch etwas von dem Schatz heraus und legte dann das Dokument beiseite, um die Entzifferung bei Tageslicht weiter zu versuchen.

Am nächsten Morgen versammelte er seine kleine Mannschaft um sich zu einer Beratung über die weiter zu treffenden Maßnahmen. Gert stand neben ihm. Er legte die Hand auf des Jungen Schulter und begann:

„Wir haben hier den Sohn des Reeders unserer Bark. Er ist fast noch ein Kind, aber wir wissen schon längst, dass er Kopf und Herz auf der rechten Stelle hat und wie ein Mann zu handeln weiß, wenn es darauf ankommt. Wir haben daher bei unserer Beratung seine Wünsche und Ansichten nach Möglichkeit zu berücksichtigen. Seid ihr damit einverstanden?"

„Das sind wir, Steuermann", antwortete Puvogel, „und mit unserem Kaptein sind wir ebenso einverstanden. Ist es nicht so Maaten?"

„Das ist so", bekräftigte Döschkopp. „Was ist jetzt aber mit dem vielen Geld? Ich und mein Maat Brommel, wir haben das Dokument nicht gesehen, nur davon gehört. Wollt Ihr uns die Schrift nicht auch vorlesen, Steuermann?"

Paulsen hatte das Papier bereits zur Hand und las dessen Inhalt noch einmal für Brommel und Döschkopp laut vor. Alle lauschten aufmerksam, und dann wollte Brommel wissen, wie weit man noch von der Insel entfernt sei und wie lange es dauern würde, bis man sie erreicht habe.

„Das ist es, was ich mit euch besprechen wollte", antwortete der Steuermann. „Sollen wir nach Kalkutta gehen, die Ladung löschen, dann in Ballast die Insel anlaufen und die großen Schätze an Bord nehmen?"

Bei den letzten Worten ließ er seine humoristisch zwinkernden Augen im Kreise schweifen.

„Die großen Schätze!", wiederholte Puvogel. „Glauben Sie wirklich, Steuermann, dass wir erst die Ladung löschen müssen, damit wir Platz haben für die großen Schätze? Das können wir doch wohl verstauen, ohne eine Kiste oder einen Ballen von der Ladung herauszunehmen."

„Das denke ich auch", erwiderte Paulsen. „Jetzt sollt ihr meinen Plan hören. Wer einen besseren weiß, mag ihn nachher sagen. Wir segeln nach Kalkutta, laufen unterwegs die Kokosinseln an und setzen dort Rappo und seine Bande an Land. Da können sie nicht so leicht wegkommen. Mit nach Kalkutta nehmen und sie dort dem Gericht ausliefern dürfen wir nicht, denn da würden sie dort von der Brückeninsel schwatzen, und dann wär's mit unseren Aussichten auf die Dollars und Pfunde und Franken wahrscheinlich vorbei. Mit der Bark werden wir bei diesem guten Wetter allein fertig werden. Von Kalkutta aus schreiben wir an Keppen Brand und erzählen ihm, was sich mit seiner *Käthe* zugetragen hat, nicht wahr, Gert? Hoffentlich findet der Brief ihn am Leben und in guter Gesundheit. Dann mustern wir noch drei oder vier tüchtige Matrosen an und steuern nach der Insel. Hat jemand einen anderen Vorschlag?"

Jörn Puvogel räusperte sich und sagte:

„Bei gutem Wetter werden vier Mann und ein Junge wohl sacht mit der Bark fertig ... aber auf das Wetter ist kein Verlass, und wenn es anfängt zu wehen, dann ist das verdammt schlecht für vier Mann und einen Jungen. Können wir nicht ein paar von den Thetisleuten an Bord behalten und sie in Kalkutta zum Teufel jagen? Die werden wohl das Maul halten und nichts verraten, weil sonst der Galgen auf sie wartet."

„Das lässt sich hören", antwortete Paulsen. „Wir könnten ihnen auch das Versprechen geben, sie nach Beendigung der Fahrt nicht auszuliefern. Können Sie uns die Verwendbaren der Bande bezeichnen, Brommel?"

„Sie taugen alle nichts, Steuermann", erwiderte der Matrose. „Der Allerschlimmste aber ist Jan Palm, wenn auch Rappo die Meuterei angestiftet hatte."

„Was ist übrigens aus dem zweiten Steuermann und dem Zimmermann geworden?", fragte Paulsen, „und wie ist die *Thetis* eigentlich in Brand geraten?"

„Das will ich Ihnen sagen", berichtete Brommel. „Als der Kapitän totgestochen und Sie über Bord gehievt waren, sollte Andersen, der zweite Steuermann, die Navigation übernehmen. Aber der wollte nicht. Der Steward kam achteraus, ihm zuzureden. Der Steward war ein dicker Freund von Rappo.

Andersen hatte den falschen Hund schon lange beobachtet gehabt, und wie der nun mit ihm palavern will, da gibt er ihm einen solchen Schlag gegen die Kiemen, dass er rücklings über die Heckreling ins Wasser stürzt. Wie der Zimmermann sieht, dass Andersen gegen die Meuterer angehen will, da rennt er achteraus, ihm zu helfen, und ich hinterher. Rappo aber gibt mir eines mit einer Handspak, dass ich hinfalle. Da hatten sie den Zimmermann schon vorn ins Hellegat und den zweiten Steuermann achtern in die Segelkammer gesperrt. Und dann fing die *Thetis* vorn und achtern gleichzeitig an zu brennen und Andersen und der Zimmermann sind in dem Feuer elend umgekommen."

Paulsen und die anderen standen eine Weile stumm und tief erschüttert. Endlich sagte der erstere:

„Gott gebe ihnen die ewige Ruh! Es sind brave, treue Männer und gute Schiffsmaaten gewesen."

„Amen", murmelte Puvogel.

Döschkopp lüftete seine Mütze. „Steuermann, wir müssen die ganze verdammte Mörderbande hinrichten ... aufhängen oder über Bord hieven ... was sagen Sie? Verdient hätten sie das."

„Nein", entgegnete Paulsen, „wir setzen alle, mit Ausnahme von zweien, auf einer der Kokosinseln an Land. Ich denke, wir werden sie morgen Abend in Sicht kriegen, wenn diese Brise anhält."

„Können Sie uns die Brückeninsel auf der Seekarte zeigen?", fragte Puvogel.

„Das kann ich nicht, denn sie ist nicht darauf vermerkt. In jener Gegend liegen sehr viele kleine Inseln. Wir müssen eben suchen, bis wir sie finden."

„Sollen die beiden Meuterer, die wir an Bord behalten, auch ihren Anteil kriegen, wenn wir das viele Geld gefunden haben?", verlangte Puvogel zu wissen.

„Darüber zu reden ist später noch Zeit genug", antwortete der Steuermann. „Wenn das alles wahr ist, was Rappo gesagt hat, dann kommt keiner zu kurz. Zuerst müssen wir die Banditen los sein und die Insel entdeckt haben, dann findet sich alles Übrige von selber."

Sechzehntes Kapitel

Wie die Banditen ausgesetzt werden. - Wie ist alles so anders geworden. - Peter Moll und Jochim Frettwurst.

Während der letzten zehn Tage hatte die *Käthe* einen leichten Südostpassat gehabt und war nun nicht mehr weit von der Küste von Java entfernt. Bisher hatte sie, seit Rappo sie in Besitz genommen, Ost-Nordost gesteuert, jetzt setzte Paulsen den Kurs um einen halben Strich nördlicher. Wenn die Brise dieselbe blieb, dann mussten, seiner Berechnung nach, die Kokos- oder Keeling-Inseln am nächsten Morgen in Sicht kommen.

Seit der Zeit, wo Puvogel und Gert dem Seeräuberhäuptling die Ledertasche weggenommen, hatte dieser kein Wort gesprochen und auch jegliche Nahrung verweigert. Der Verlust des Dokumentes schien ihm schwer auf der Seele zu liegen. Der Blick seiner unheimlich glühenden Augen glich eher dem eines gefangenen wilden Tieres, als dem eines Menschen.

Gegen vier Uhr morgens zeigte sich über dem Steuerbordauge Land, das sich zwei Stunden später als eine große bewaldete Insel erwies. Der Steuermann ließ eins der Boote klarmachen und ein Paar Riemen, einen Sack Brot und ein Fässchen Wasser hineinschaffen. Puvogel erhob Einspruch gegen diese Fürsorge.

„Die Mörderbrut hat Keppen Ketelsen und seine Leute ohne Proviant, Wasser und ohne Riemen ausgesetzt, damit sie so elend umkommen sollen und das Sprichwort sagt, wie du mir, so ich dir!", rief er unwillig.

„Wir sind keine Mörderbrut, wir sind Christenmenschen", entgegnete Paulsen. „Tun Sie, wie ich Ihnen sagte, und dann zu Wasser mit dem Boot."

Der Befehl wurde ausgeführt, und dann begaben Puvogel und Döschkopp sich ins Logis und lösten den Gefangenen die Fesseln von den Füßen.

„Was soll mit uns geschehen?", fragte einer der Kerle voll Angst.

„Ihr sollt ein bisschen spazieren fahren", sagte Jörn.

„Wollt Ihr uns aussetzen und verhungern oder ersaufen lassen? Habt Erbarmen!", jammerte der Mann.

„Erbarmen?", lachte Puvogel höhnisch. „Habt ihr Hunde Erbarmen mit unserem Kaptein und unserem Schiffsmaaten gehabt?"

Jan Palm warf einen finsteren und verächtlichen Blick auf seine Genossen.

„Lass das Gewinsel!", schnaubte er ihn an. „Was wir den anderen getan haben, geschieht nun uns. Mir soll's recht sein."

Er wurde zuerst die Treppe hinaufgeschickt. Als er an Deck stand und das nur wenige Meilen entfernte Land erblickte, da erstaunte er.

„Das nenne ich anständig", sagte er zu Puvogel, „jetzt tut es mir wahrhaftig leid, dass wir eure Schiffsmaaten so behandelt haben. Es ist nicht oft geschehen, dass ich etwas bereue, aber jetzt tue ich's!"

„Das ist recht, mein Junge", entgegnete Jörn, der ihn am Arm gerade hielt und dem Fallreep zuführte. „Wir sind eben anständige Fahrensleut'. Wir geben euch alles, was notwendig ist und ihr auf dem Eiland braucht. Und jetzt runter in das Boot!"

Palm stieg die Fallreeptreppe hinunter und setzte sich in den Sternschoten nieder. Die Übrigen folgten einer nach dem anderen. Nur zwei blieben zurück. Dann gingen Puvogel und Döschkopp achteraus, den Bootsmann zu holen.

„Was soll's?", rief dieser erschrocken, als die beiden Matrosen in seiner Kammer erschienen. „Was wollt ihr mit mir machen?"

„An die frische Luft sollst du und dir die Brise um den Dickkopf wehen lassen!", grinste Döschkopp.

„Barmherziger Gott! Ihr wollt mich doch nicht hängen?", rief der Mensch.

„Das sollst du bald erfahren", sagte Puvogel. „Hinauf an Deck mit dir!"

„Lasst mir Zeit, oh, lasst mir noch ein wenig Zeit! Nur bis morgen! Ich bin noch nicht bereit zum Sterben!"

„Wenn du jetzt nicht bereit bist, wirst du's morgen auch nicht sein", entgegnete Puvogel. „Daran hättest du eher denken sollen, jetzt ist's zu spät. Komm und empfange den Lohn für deine Schandtaten und Verbrechen. Hast du danach gefragt, ob all die armen Teufel, die du umgebracht hast, bereit zum Sterben waren? Vorwärts, rauf mit dir!"

„Erbarmen! Rappo hat mich zu allem verleitet!"

„Elender Feigling! Wird's bald? Sonst schleifen wir dich die Treppe hinauf!"

Als er einsah, dass sein Flehen vergeblich war, schwankte der Steuermann mit schlotternden Beinen die Stufen hinan. Kaum an Deck, sah er scheu nach der Gaffel und den Nocken der Großrah und atmete noch auf, als er dort die gefürchtete Leine mit der Schlinge nicht gewahrte, auch der Blick auf die Insel gab ihm seinen ganzen Mut wieder. Während er ins Boot ging, brachten die beiden Matrosen Rappo an Deck.

„Ich bitte Sie um eine Pistole und Munition", sagte der Seeräuber, als er von Paulsen vernommen, was über ihn und seine Bande verfügt worden war. „Ich würde auch für einen Säbel dankbar sein, denn ich muss eine Waffe haben, um meine Leute zum Gehorsam zwingen zu können."

„Was ich Ihnen zugebilligt habe, finden Sie im Boot", entgegnete der Steuermann, „weiter gibt es nichts. Sehen Sie zu, wie Sie mit Ihren Halunken fertig werden. Und nun ins Boot!"

Rappo gehorchte, ohne noch ein Wort zu sagen. Sogleich nach ihm sprang Gert hinunter, durchschnitt die Leine, mit der Palms Hände gefesselt waren, und war im Nu wieder an Deck. Döschkopp warf die Fangleine los, und bald war das Boot im Kielwasser der Bark weit zurückgeblieben. Man hatte es Palm überlassen, seine Genossen von ihren Handfesseln zu befreien, was wohl eine geraume Zeit beansprucht haben mochte, denn das Boot war schon fast aus Sicht, als man es die Riemen auslegen und der Insel zurojen sah.

„Die wären wir los, dem Herrgott sei Dank!", sagte Jörn zu Gert, der neben ihm an der Heckreling stand. „Deines Vaters Bark ist endlich wieder in den Händen braver Fahrensleute."

„Ja, Jörn, lass uns Gott von Herzen dankbar sein! Was für eine Zeit haben wir durchmachen müssen, seit wir die Bande an Bord nahmen! Wie ist alles so anders geworden! Keppen Ketelsen, Steuermann Roller, alle, alle, außer dir, Döschkopp und mir, alles sind sie tot, ertrunken oder verschmachtet ... o wie fürchterlich! Der liebe gute Keppen Ketelsen ... ich nannte ihn Onkel, als ich noch daheim war, ich kannte ihn schon in frühester Kindheit. Was mein Vater wohl sagen wird, wenn er alles erfährt!"

Er wandte sich ab und ging hastig nach vorn, um die Tränen zu verbergen, die ihm in die Augen getreten waren. Nach einer Weile folgte ihm Jörn, den der Steuermann beauftragt hatte, die beiden an Bord gebliebenen Thetisleute aus dem Logis zu holen.

Diese meinten, ihr letztes Stündlein sei gekommen. Zitternd und bebend ließen sie sich von Jörn unter Püffen und Stößen achteraus treiben, wo Paulsen ihnen entgegentrat.

„Oh, ihr seid es, Peter Moll und Jochim Frettwurst", sagte dieser. „Eure Schiffsmaaten sind hinüber, ihr seid die einzigen, die von der Mannschaft der *Thetis* noch übrig sind. Wir wollen euch das Leben schenken unter der Bedingung, dass ihr von jetzt an hier an Bord wie rechtschaffene Janmaaten eure Schuldigkeit tut. Geschieht dies, dann sollt ihr gut behandelt und auch später im Hafen nicht den Gerichten ausgeliefert werden. Was meint ihr dazu?"

Lange fanden die beiden Männer keine Antwort. Sie hatten den Tod erwartet und nun bot ihnen der Mann, den sie über Bord geworfen hatten, das Leben und die Freiheit. Endlich stammelten sie ihren Dank und das Versprechen, sich dieser Gnade würdig zu zeigen. Paulsen teilte jeden einer Wache zu und bestimmte dann, dass sie im Logis wohnen, alle anderen aber in der geräumigen Kajüte Quartier nehmen sollten.

Die beiden reuigen Sünder taten mit größter Gewissenhaftigkeit ihre Pflicht und befanden sich bald mit allen anderen in bestem Einvernehmen.

Drei Wochen nach der Aussetzung der Meuterer lag die *Käthe* beigedreht vor der Mündung des Hugly und wartete auf den Lotsen, der sie flussaufwärts nach Kalkutta führen sollte.

Siebzehntes Kapitel

Kalkutta. - Ein Wiedersehen. - Ein neuer Steuermann und eine neue Mannschaft. - Am Ziel! - „Das Land sieht grausig aus."
Zu Anker.

Noch an dem Tag der Ankunft der Bark in der alten berühmten Hindustadt kam ein Haufen Kulis an Bord, um die Ladung zu löschen. Steuermann Paulsen übertrug Puvogel, Döschkopp und Gert die Aufsicht über diese Arbeiter. Er selber brachte den größten Teil seiner Zeit an Land zu, um geeignete deutsche Seeleute zur Vervollständigung der Mannschaft ausfindig zu machen.

Bei den Agenten der Brandschen Reederei hatte er sich als Kapitän Ketelsen vorgestellt. Er war hierzu gezwungen gewesen, denn wenn er die Geschichte der Meuterei und der Aussetzung Rappos und seiner Bande erzählt hätte, dann wäre es zu einer gerichtlichen Untersuchung gekommen und die Erlangung der Schätze auf der Brückeninsel wäre sehr fraglich geworden. Die Agenten hatten Ketelsen nie gesehen, und so konnte die harmlose Täuschung leicht durchgeführt werden.

Sogleich am ersten Tag wurde er auf der Straße von einem Europäer in deutscher Sprache angeredet.

„Hallo, Paulsen, mit welchem Schiff sind Sie denn hierher gekommen?"

Der Steuermann blieb stehen. Der Fremde, der kränklich und mitgenommen aussah, war ihm unbekannt.

„Sie irren sich", sagte er, „mein Name ist Ketelsen."

„Unsinn!", entgegnete der Mann lachend. „Warum verstellen Sie sich einem alten Schiffsmaaten gegenüber? Sie sind Jakob Paulsen und waren Zweiter an Bord der *Notus*. Einen Ketelsen habe ich auch mal gekannt, der war Obersteuermann auf der Bark *Käthe*, die einem gewissen Keppen Brand gehörte. Beide waren liebe und brave Menschen."

Jetzt erkannte Paulsen in dem anderen den ehemaligen Obersteuermann der *Notus*.

„Arendsen!", rief er. „Alter Schiffsmaat, wie haben Sie sich verändert! Her mit der Flosse! Aber nennen Sie mich nicht Paulsen. Gegenwärtig bin ich hier Keppen Ketelsen, verstehen Sie?"

„Nein. Erklären Sie mir die Sache, sonst muss ich glauben, dass mir das verdammte Fieber noch immer im Schädel wühlt. Ich habe hier nämlich lange im Hospital gelegen, auf den Tod, und als man mich entließ, da war mein Schiff abgesegelt, und nun laufe ich herum und suche nach einem anderen."

„Da sind wir beide gerade an die rechten Männer gekommen!", sagte Paulsen vergnügt. „Ich kann Ihnen einen Posten als Steuermann geben, und zwar auf der Stelle. Nehmen Sie an?"

„Erst muss ich doch wissen ..."

„Kommen Sie mit an Bord, da sollen Sie alles erfahren."

Am Fluss angelangt, wies Paulsen auf die an einer Werft liegende Bark.

„Das ist die *Käthe*!", rief sein Begleiter erstaunt.

„Ja, Arendsen, das ist die *Käthe*."

„Und Sie sind ihr Kapitän? Was ist denn aus Keppen Brand und seinem Steuermann Ketelsen geworden?"

Einige Minuten später saßen beide in der Kapitänskammer der Bark, und Arendsen kam aus dem Erstaunen nicht heraus, als Paulsen ihm berichtete, was die Leser, die uns bis hierher gefolgt sind, bereits wissen.

Als er geendet hatte, saß Arendsen eine lange Zeit schweigend. Er musste sich gleichsam erst erholen von dem, was er vernommen hatte.

„Wann soll ich an Bord kommen?", fragte er endlich.

„Sobald Sie können", antwortete Paulsen. „Je eher, je besser. Ich muss noch vier oder fünf deutsche Vollmatrosen anmustern. Können Sie mir vielleicht einige tüchtige Leute nachweisen?"

„Ich hoffe es. Im Hospital habe ich drei sehr verständige und gesetzte Janmaaten kennengelernt, die ich Ihnen empfehlen kann. Es fragt sich nur, ob sie schon wieder kräftig genug sind."

„Sind sie's noch nicht, dann werden sie's draußen auf See in der frischen Luft und bei guter Kost bald werden", sagte Paulsen. „In zwei Wochen sind wir seeklar."

Als nach zwei Wochen die *Käthe* aus dem Hugly auslief, da war die Mannschaft nicht nur um vier gute Matrosen, sondern auch um einen Zimmermann vervollständigt. Einen zweiten Steuermann hatte Paulsen nicht für notwendig erachtet. Den Neuangemusterten wurde anfänglich von dem eigentlichen Zweck der Fahrt nichts gesagt, es hieß nur, dass die Bark auf der Suche nach einer neuen Ladung wäre. Erst nach Verlauf einiger Zeit, nachdem ihre Zuverlässigkeit erprobt worden war, erhielten Jörn und Döschkopp den Auftrag, sie in das Geheimnis einzuweihen.

Paulsen und Arendsen hielten über ihren Karten lange Beratungen und gelangen zu der Ansicht, die Brückeninsel könnte nur ein ganz kleines Eiland, vielleicht gar nur ein Fels an der Grenze der Flores-See, möglicherweise eines der Paternoster-Eilande sein. Sie beschlossen, den Kurs durch die Sundastraße und dann längs der javanischen Küste zu nehmen.

Die berühmte Meerenge wurde passiert, und drei Wochen später kam eine Reihe von Inseln in Sicht, die alle mit üppiger Vegetation bedeckt waren. Nach den Längen- und Breitenangaben des Dokuments und Paulsens und Arendsens Berechnungen, musste dies die Gegend sein, in der man die Brückeninsel zu suchen hatte. Es währte auch nicht lange, da kam hinter einer Gruppe niedriger grüner Eilande ein hoher, schwarzer, wüster Felsenberg in Sicht.

„Das kann nur die Schatzinsel sein", sagte Paulsen. „Ich verstehe aber nicht, warum sie nicht in die Karten eingetragen ist."

„Vielleicht, weil sie zu fern von der Fahrstraße der Schiffe liegt", entgegnete Arendsen. „Aber was nun? Es sind mindestens noch zehn Meilen bis dorthin. Vor Anbruch der Nacht schaffen wir die nicht mehr. Wir müssen entweder beidrehen oder bis zum nächsten Morgen kreuzen."

„In diesem Teil der Javasee ist das Kreuzen gefährlich", sagte Paulsen. „Wir halten noch eine Weile auf die Insel zu und dann brassen wir die Großrah back."

Während dieser Nacht schloss keiner der Besatzung der *Käthe* die Augen, denn alle Mann befanden sich in erklärlicher Aufregung.

Bei Tagesanbruch stand die ganze Mannschaft vorn auf der Back und schaute eifrig nach dem Felsenberg, der jetzt nur noch fünf Meilen entfernt war. Als die Sonne aufging, kam eine leichte Brise durch. Paulsen ließ wieder vollbrassen und auf das Eiland zusteuern. Er selber ging mit einem Teleskop auf die Vorbramrahe. Bis jetzt schien das Eiland nur einen einzigen Gipfel zu haben, als jedoch der Rudersmann auf seinen Zuruf die Bark zwei Strich abfallen ließ, da zeigte sich bald ein zweiter Gipfel, die Spitze einer anderen Höhe.

Plötzlich rief einer der Leute von der Back aus ihm zu: „Die Brücke! Sehen Sie die Brücke, Steuermann?"

Er hatte die seltsame Felsbildung bereits wahrgenommen.

„Ja", rief er zurück, „das ist unser Eiland!"

Er fasste eine der Pardunen und glitt daran blitzschnell an Deck hinab.

„Das ist die Insel, die in dem Dokument beschrieben ist", sagte er zu den ihn umdrängenden Matrosen. „Gei auf Vor- und Großreuel und macht fest! Anker klar und fünfzig Faden Kette an Deck!"

Diese Befehle wurden mit größter Geschwindigkeit ausgeführt. Bald kam auch der Felskegel mit der Kugel in Sicht, und da die Brise ein wenig auffrischte, ließ Paulsen auch das Vorbramsegel festmachen.

Näher und näher kam die Bark dem Land, auf dem nirgends eine Spur von Vegetation sichtbar war. Eine Klippengruppe im südlichen Eismeer hätte nicht öder sein können, nicht einmal Vögel waren zu sehen.

„Das Land sieht grausig aus, als ob ein Fluch darauf liegen würde", sagte Puvogel zu Döschkopp.

„Kein Wunder", brummte dieser. „Daran ist kein anderer als Rappo und die Verbrecherbande schuld."

„Hast Recht, Maat. Junge, Junge, die Brücke ist weg! Jetzt müsste wohl ein Stück Tunnel kommen. Ich will achtern fragen, ob ich nicht die Seitenlaternen ausbringen soll. Im Düsteren ist es ungemütlich."

„Was, fürchten Sie sich vor Gespenstern?", sagte Paulsen, als Jörn um die Erlaubnis zum Ausbringen der Seitenlaternen bat.

„Das will ich nicht ableugnen", antwortete der Matrose, „und ich meine, eine Lampe in der Kajüte kann auch nicht schaden."

„Nun, meinetwegen. Aber beeilen Sie sich, wir müssen sogleich Segel wegnehmen."

Paulsen hielt sich genau an die Instruktionen des Dokuments. In der Nähe des Kugelfelsens begann die Bark die Strömung zu spüren. Die Leute geiten in Hast die Segel auf. Kaum war dies geschehen, da lief die immer schneller dahintreibende Bark in den schluchtartigen Tunnel ein. Es wurde stockfinster, die farbigen Seitenlaternen warfen einen gespenstischen Schein auf die Felswände zu beiden Seiten. Jetzt machte die Bark eine scharfe Biegung und glitt gleich darauf wieder in den hellen Tag hinaus.

„Klar zum Anker!"

Eine Minute atemloser Spannung. Dann: „Fallen Anker!"

Ein schwerer Plumps, ein donnerndes Kettenrasseln ... die *Käthe* war in einem weiten Felsenkessel zu Anker gegangen.

Achtzehntes Kapitel

*„Hallo, Keppen Ketelsen!" - Kapitän Brand rüstet eine
Brigg aus. - Die ‚Ameise' geht in See und Geitau geht mit.*

Monate waren verstrichen, seit die *Käthe* in See gegangen war. Keppen Brand, völlig wiederhergestellt und in kräftiger Gesundheit, begann nach und nach mit einiger Unruhe an sie zu denken. Er und der alte Hannes Geitau saßen abends oft stundenlang mit qualmenden Pfeifen über der auf den Tisch gebreiteten Karte und ergingen sich in Mutmaßungen über den Ort, wo die Bark gegenwärtig wohl sein mochte.

„Wird nicht mehr lange dauern, dann haben wir Nachricht", sagte Hannes regelmäßig, ehe er sich in seine Schlafkammer zurückzog.

Worauf Keppen Brand zuerst bedenklich den Kopf zu schütteln, dann aber hoffnungsvoll zu antworten pflegte: „Ja, Hannes, die Reise mag lang geworden sein durch konträren Wind und Stillen. Ketelsen ist ein fixer Seemann, der weiß Bescheid. Vielleicht kommt schon mit der nächsten Post ein Brief."

Aber wenn Hannes fort war, dann saß er noch stundenlang in trübem Sinnen und bangen Befürchtungen.

„Ich hätte den Jungen zu Hause behalten sollen, bis ich selber ihn mitnehmen konnte. Verlöre ich ihn, ich ertrüge es nicht. Mein Sohn! Mein Gert! Und seiner Mutter so ähnlich!"

So redete Keppen Brand jeden Abend laut vor sich hin, wenn er die Karte zusammenrollte und das Licht anzündete, um sein Lager aufzusuchen.

Wieder saßen sie eines Abends miteinander am Tisch, die Finger auf der Karte, da hörten Sie jemanden die Haustürstufen heraufkommen.

„Will da noch jemand zu uns, Hannes?", sagte der Schiffer beunruhigt. „Es ist elf Uhr ... vielleicht Nachricht von der *Käthe*?"

Poch poch ... poch poch ... poch poch.

„Sechs Glasen, Hannes! Das ist entweder Ketelsen, oder ..."

Hannes war aufgestanden, um zur Tür zu gehen. Der Kapitän aber hielt ihn zurück.

„Bleib hier, Mensch!", sagte er furchtsam. „Das ist keines Lebendigen Hand, die da geklopft hat! Das ist Ketelsens Geist! Die *Käthe* ist verloren!"

„Geister kommen nicht so die Stufen heraufgestampft, Kaptein", entgegnete der alte Fahrensmann. „Lassen Sie mich nachsehen, woher das kam."

Kapitän Brand verbarg sein Antlitz in seinen großen Händen. „Mein Junge ist tot!", stöhnte er. „Mein Gott, konntest du ihn mir nicht lassen?"

Hannes Geitau hatte die Haustür geöffnet ... sein lauter Ruf schallte durch das Haus.

„Hallo, Keppen Ketelsen! Dunnerlüchting! Wo ist die *Käthe*?"

„Hast du gedacht, ich würde sie mitbringen bis hier vor die Tür, du alter Schafkopf?", entgegnete Ketelsens Stimme. „Aber wie geht es dem Kapitän?"

Der Schiffer war mit zwei Sprüngen zur Haustür geeilt.

„Mir geht es gut, alter Freund!", rief er freudig, Ketelsens Hand ergreifend und schüttelnd. „Aber wo ist Gert und die Bark? Mein Junge ist doch nicht tot?"

„Tot? Der Junge? Nee, Kaptein, soviel ich weiß, lebt er noch", antwortete Ketelsen. „Aber lassen Sie uns eintreten, dann sollen Sie alles hören. Dieser Herr hier ist mein erster Steuermann Roller, ich habe ihn mitgebracht, und dieser Herr hier, Steuermann, ist Keppen Brand, der Reeder von der *Käthe*."

Im Zimmer angelangt, schickte der Kapitän zuerst Hannes Geitau nach Rum und heißem Wasser und dann forderte er Ketelsen auf, zu berichten, was zu berichten war. Der räusperte sich und begann:

„Die Bark ist verloren, aber Ihr Sohn lebt, wenigstens war er noch gesund und munter, als ich ihn zuletzt sah. Es ist eine verteufelte Geschichte, aber es hätte noch schlimmer sein können. Ich will mit dem Anfang beginnen."

Und nun berichtete er haarklein alles, was sich von dem Tag des Auslaufens der Bark bis zu dem Moment, wo die Seeräuber ihn und seine Leute aussetzten, an Bord der *Käthe* zugetragen hatte. Er erzählte ihre Rettung durch das Bremer Vollschiff *Alexander* und endete mit seiner Ankunft vor Keppen Brands Hause.

Als er zu Ende war, versank der Schiffer in tiefe Gedanken. Niemand störte ihn, alle rauchten schweigend ihre Pfeifen und starrten in die Glut des weiten Kamins. Endlich nahm der Schiffer das Wort.

„Er lebt, Ketelsen", sagte er, „er lebt, ich weiß es, weil ich es fühle. Er ist auch nicht verlassen. Halten Sie es für möglich, dass unsere an Bord der *Käthe* gebliebenen Leute sich der Bark wieder bemächtigen konnten?"

„Nein, das halte ich nicht für möglich", entgegnete Ketelsen und Steuermann Roller war derselben Ansicht.

Wieder schwieg der Schiffer eine Weile. Dann fing er von Neuem an: „Wenn ich Sie vorhin recht verstand, dann haben die mit Ihnen ausgesetzten Leute hier beim Schlafhaus Schmidt Unterkunft gefunden, nicht wahr?"

„Ja, Kaptein. Morgen sollen Sie sie sehen."

Jetzt ließ sich der Schiffer von Hannes die Karte des Indischen Ozeans bringen.

„Kommen Sie her, Ketelsen, zeigen Sie mir, wo Sie die Seeräuber an Bord nahmen, wo Sie von den Schuften ausgesetzt worden sind und wo das Bremer Vollschiff Sie und die Mannschaft aufgesammelt hat."

Ketelsen tat wie ihm geheißen, und alle Anwesenden vertieften sich in die Karte.

„Und die Bark steuerte Ost-Nordost, als Sie von Bord mussten?", fragte der Schiffer.

„Ja. Kann sein auch ein wenig östlicher."

„Hm ... sie werden durch die Sundastraße gewollt haben ... entweder nach dem Großen Ozean oder aber nach der Chinesischen See. Ketelsen, wir müssen hinterher, wir müssen Jagd auf sie machen.

Ich habe etwas Geld in der Bank, das reicht aus, ein Fahrzeug dafür zu kaufen. Es sollte dem Jungen bleiben, jetzt will ich's verwenden, ihn mir wiederzuholen. Morgen früh will ich

Ihren Leuten die Heuern auszahlen und sie dann gleich zu der neuen Fahrt wieder anmustern."

Sie redeten noch bis spät in die Nacht hinein, und dann führte Hannes die Gäste zu den Lagerstätten, die er ihnen in Gerts Schlafzimmer hergerichtet hatte.

Kapitän Brand war ein Mann der Tat. Schon zwei Tage nach Ketelsens Ankunft war er im Besitz einer schmucken Brigg von etwa dreihundert Tonnen, die mit den Leuten von der *Käthe* bemannt wurde. Ketelsen sollte sie als Kapitän fahren, Roller wurde Steuermann, und er selbst wollte die Fahrt sozusagen als Eigentümer und Passagier mitmachen. Proviant, Waffen und Munition wurden an Bord geschafft, dazu auch solche Ladung, wie sie als Tauschartikel im Verkehr mit den Eingeborenen der Südseeinseln in Betracht kommen konnte.

Hannes Geitau bestand mit aller Gewalt darauf, mitgenommen zu werden, so dass Keppen Brand ihm endlich den Willen tun musste.

Am Abend vor der Abreise liefen zwei Briefe ein, die Schreiben, die Gert und Steuermann Paulsen aus Kalkutta an den Reeder der *Käthe* abgesandt hatten.

„Da hätten wir die *Ameise* ja gar nicht zu kaufen gebraucht!", rief der überglückliche Schiffer. „Da sitzen sie munter und fidel auf meiner Bark und denken in ihrem Übermut sogar noch an Schatzheberei. Aber da ich die Brigg nun einmal habe, so will ich sie auch verwenden. Wer weiß, vielleicht kann ich meinem Jungen da unten nützlich sein. Morgen gehen wir in See. Der einzige Unterschied ist, dass wir jetzt ziemlich genau wissen, wohin wir zu steuern haben."

Alle waren in aufgeräumter Stimmung. Ketelsen allein blickte mit einiger Besorgnis drein, denn er sagte sich, solange Rappo am Leben und Freiheit wäre, würde er alles daran setzen, zu der Brückeninsel zu gelangen.

Am nächsten Morgen um fünf Uhr ging die *Ameise* ... so hatte man die Brigg genannt ... mit eintretender Ebbe unter Segel.

Neunzehntes Kapitel

Auf der Brückeninsel. - Gert entdeckt eine Höhle.
Warum Jörn seinen Maat Döschkopp auf den Rücken nahm. Dampfendes Wasser. - „Hier haben wir das viele Geld!"

Das Felsenbecken, in dem die *Käthe* zu Anker gegangen war, mochte etwa hundertfünfzig Meter im Durchmesser haben. Die hohen zerklüfteten Steinwände, die es rings umschlossen, ließen nur wenig Tageslicht hereinfallen, und die in dieser Dämmerung herrschende Stille wurde nur durch das rieselnde Plätschern unterbrochen, das die Strömung am Bug und den Seiten der Bark hervorrief.

Sobald die Segel festgemacht waren, wurde ein Boot zu Wasser gebracht und Paulsen, Puvogel, Döschkopp, Gert und Peter Moll begaben sich hinein. Kaum war die Fangleine losgeworfen, da wurde es von der Strömung mitgerissen, bis einige kräftige Riemenschläge es seitwärts in stilles Wasser brachten. Bald hatten seine Insassen einen flachen Felsenstrand erspäht, wo sie landen konnten.

Da in dem Dokument der Ort, wo der Schatz zu finden wäre, nicht näher bezeichnet war, hielt Paulsen es für das Beste, zunächst die ganze Insel abzustreifen, um sich einigermaßen orientieren zu können. Zu diesem Zweck entsandte er Puvogel und Döschkopp in westlicher Richtung, während er und Peter Moll sich nach Osten wendeten. Gert hatte auf das Boot zu achten und die Felsspalten und Löcher in der Nachbarschaft zu untersuchen.

„Es ist jetzt acht Uhr", sagte Paulsen, ehe sie sich trennten. „Das Eiland ist nur klein, versuchen wir daher, um zwölf, spätestens aber um vier Uhr wieder hier zu sein."

Bald hatte Gert die Forschungsreisenden zwischen den Felsen aus Sicht verloren. Jetzt fiel ihm ein, auch seinerseits eine Entdeckungsfahrt, und zwar im Boot zu unternehmen. Er sagte sich, dass die Seeräuber an diesem weltverlorenen Ort sich schwerlich die Mühe gemacht hätten, ihre Beute binnenlands zu schleppen, wo es doch schon unmittelbar am Wasser anscheinend so gute Verstecke gab.

Er wrickte längs der Felsenhänge hin, musterte mit seinen scharfen Augen jede Stelle derselben und erreichte schließlich das Ende der Bai. Hier hieß es entweder umkehren oder die reißende Strömung zu kreuzen. Er war eben im Begriff, das erstere zu tun, da gewahrte er einen aus dem Wasser ragenden mächtigen Felsblock, der nicht mit der Wand zusammenzuhängen schien. Er beschloss, zwischen Wand und Block hindurch zu fahren, wenn dies möglich wäre. Er fand nicht nur die Passage frei, sondern entdeckte auch eine Öffnung in der Wand, die sein Boot leicht aufnehmen konnte. Langsam und vorsichtig wrickte er hinein. Er wollte die Wassertiefe mit dem Riemen prüfen, fand aber keinen Grund. Ein schmaler Strand zog sich längs des Wasserarmes hin. Er stieg aus, legte das Boot fest und schritt in das Innere hinein.

Nach etwa dreißig Schritten wurde es finster. Das lose Gestein des Weges machte ihn stolpern. Es war gefährlich, ohne Laterne weiter in die Höhle einzudringen. Er begab sich wieder ins Boot, eine Laterne von der Bark zu holen. Kaum aber war er in die Strömung gelangt, da riss ihn diese mit sich fort, und er hatte die größte Mühe, wieder das ruhige Wasser zu erreichen. Jetzt wrickte er nach der ersten Landungsstelle, setzte sich hier auf einen Stein und wartete geduldig auf das Wiedererscheinen seiner Schiffsgenossen, innerlich überzeugt, in jener Höhle das Versteck der Seeräuber gefunden zu haben.

So mochte er eine Stunde gesessen haben, als er seinen Namen rufen hörte. Um sich schauend gewahrte er Jörn Puvogel, der mühsam mit Döschkopp auf dem Rücken über das Gestein daherkam. Gert sprang auf und lief den beiden entgegen.

„Was ist geschehen?", rief er schon von weitem.

„Mein Maat ist gestolpert und hingefallen und jetzt kann er nicht mehr laufen", antwortete Jörn, „ich musste ihn aufsammeln und auf den Buckel nehmen."

Gert half den Invaliden ins Boot zu bringen, wo sie ihn in den Sternschoten niederlegten. Der Knöchel war ihm aus dem Gelenk gewesen, Puvogel aber hatte ihn sogleich mit großer Gewalt wieder eingerenkt. Jetzt litt der Patient heftige Schmerzen. Als er so gut wie möglich versorgt war, erzählte Gert von dem in die Felswand hineinführenden Wasserarm und gab seiner Überzeugung Ausdruck, dass in jener Höhle das „viele Geld" verstaut sein müsse.

Die beiden Matrosen lauschten mit allen Ohren, und Döschkopp drang darauf, dass sofort an Bord gerojt, eine Laterne geholt und die Höhle durchsucht werden müsste.

„Wenn wir langseit der Bark sind, dann schaffen wir dich an Deck und lassen dich da, mein Junge", sagte Jörn, „kranke Leute bringen Unglück."

„Nee, Maat, ich bleibe bei euch. Wenn ich auch lahm bin, so kann ich doch auf das Boot aufpassen, während ihr in der Höhle herumklettert."

Die anderen waren damit einverstanden. Als sie die Bark erreicht hatten und Döschkopp die ihnen zugeworfene Leine um die vordere Ducht geschlungen hatte, kletterte Gert an Deck.

„Habt ihr das viele Geld jetzt?", rief man ihm von allen Seiten entgegen.

„Noch nicht. Wir wollten uns nur Laternen holen."

„Habt ihr wohl eine Höhle gefunden?"

„Ja. Finden wir den Schatz, dann signalisieren wir's euch!"

Man brachte ihm zwei Laternen, mit denen er wieder ins Boot ging. Dann rojten sie davon und kamen bald zu dem vorstehenden Felsblock und der Höhlenöffnung dahinter. Langsam fuhren sie den schmalen Kanal aufwärts, nachdem sie zuvor die Laternen angezündet hatten. Puvogel führte den Wrickriemen, Gert stand mit dem Bootshaken am Bug, das Boot von dem Gestein freizuhalten.

Nach kurzer Zeit wurde die Decke der Höhle plötzlich so niedrig, dass unsere Abenteurer schon meinten, nicht weiterkommen zu können, aber im nächsten Moment hob sie sich wieder, und das Boot glitt in ein großes Bassin hinein, auf das durch einen Spalt in dem Felsgewölbe ein schwaches Tageslicht herabschien. Aus dem Bassin stieg ein dichter Dampf auf, das Gestein troff allenthalben so stark von Wasser, dass die drei Seefahrer in wenigen Minuten völlig durchnässt waren.

„Vorwärts, Jörn!", rief Gert dem zögernden Matrosen zu, als er merkte, dass der Dampf nicht sehr warm war, „wir sind gleich durch!"

Er hatte Recht. Nach wenigen Augenblicken gelangten sie durch ein zweites niedriges Felstor in eine andere Höhle, die ganz trocken und kühl war. Hier endete der Wasserlauf, und nun wurde beim Schein der Laternen eine große Anzahl kleiner Kisten und Kasten sichtbar, die längs der Höhlenwände aufgespeichert waren.

„Hier haben wir das viele Geld!", schrie Gert halb im Scherz, aber in hellem Eifer, als der Bug des Bootes an den weichen sandigen Strand stieß. „Hurra!"

Puvogel und Döschkopp stimmten in das Triumphgeschrei ein, und der erstere sprang mit Gert, der eine Laterne trug, an Land. Ein seltsamer Anblick bot sich ihnen dar. Die Kisten standen auf leistenartigen Vorsprüngen der Felswand, aber vor ihnen, auf Sand und Gestein zerstreut, lagen, im Laternenschein blinkend und blitzend, viele Tausende von Gold- und Silbermünzen.

„Junge, Junge!", rief Jörn, „das sind wahrhaftig Rappos Dutzende und Dutzende! Er hat uns doch nicht belogen! Wir wollen uns jeder eine Tasche voll von dem vielen Geld mitnehmen, um es unseren Maaten an Bord zu zeigen!"

Sie füllten ihre und auch Döschkopps Taschen bis zum Platzen, und dann passierten sie durch die Dampfhöhle hinaus ins Freie.

Auf der Landungsstelle traten ihnen Steuermann Paulsen und Peter Moll entgegen.

„Wo habt ihr gesteckt?", fragte der erstere.

Puvogel beantwortete diese Frage mit einer Handvoll Geldstücke, die er klirrend auf den Felsboden warf.

„Was!", rief Paulsen. „Habt ihr den Schatz gefunden?"

„Das scheint so", sagte der Matrose ruhig. „Man schmeißt doch mit dem guten Geld nicht so umher, wenn man nicht ganz genau weiß, wo man mehr davon kriegt!"

Der Tag war schon so weit vorgeschritten, dass Paulsen beschloss, die Höhle erst an nächsten Morgen in Augenschein zu nehmen. Sie rojten daher ohne weiteren Aufenthalt zur Bark zurück und brachten den Abend mit Besprechungen über das Anbordschaffen des Schatzes und mit dem Bauen von Luftschlössern zu.

Zwanzigstes Kapitel

Die Schätze. - Das Gerippe. - „Alles ist eitel."
Worüber Jörn und Döschkopp sich die Köpfe zerbrechen.
Warum unsere Abenteurer plötzlich die Insel verlassen.

Am folgenden Morgen war die Besatzung der *Käthe* schon früh auf den Beinen. Die Bootsmannschaft war dieselbe wie am vorigen Tag, Döschkopp ausgenommen, der große Schmerzen litt und auf Paulsens Weisung in seiner Koje bleiben musste. Man versah sich mit Proviant für den ganzen Tag und rojte dann eiligst zur Schatzhöhle.

Hier angelangt, wurde zunächst eine der Kisten erbrochen. Sie war bis zum Rand angefüllt mit Goldbarren. Bei dem Anblick eines solchen Reichtums stockte ihnen beinahe der Atem, und eine Zeitlang sprach keiner von ihnen ein Wort. Sie öffneten noch etwa zwanzig Kisten. Die meisten hatten den gleichen Inhalt wie die ersten, viele enthielten bares Gold aus den verschiedensten Ländern, viele auch fassbare Schmuckgegenstände. Sie versuchten die Kisten zu zählen, das erwies sich aber vorläufig als unmöglich, da dieselben bis in ganz entfernte und finstere Teile der Höhle verstreut umherstanden.

War's ein Wunder, dass unseren wackeren Seefahrern angesichts solcher Schätze der Kopf schwindelte und die Pulse mit einer Heftigkeit klopften wie nie zuvor?

Paulsen war der erste, der seine Ruhe wiedergewann. „Schiffsmaaten", sagte er, „hier ist genug Geld und Edelgestein, um ein ganzes Land damit kaufen zu können. Es muss viele Jahre gedauert haben, die Schätze hier zusammenzubringen, und Ströme von Menschenblut müssen von den Räubern derselben vergossen worden sein. Sie scheinen jedoch keinen Nutzen davon gehabt zu haben."

„Das glaube ich auch nicht, Steuermann", sagte Puvogel. „Wahrhaftig, mir graut beinahe davor, das Gold anzufassen, ich glaube, jedes Stück davon hat ein Menschenleben gekostet."

„Das nun wohl nicht, Jörn. Jedenfalls aber stammen die Schätze aus den Ladungen vieler verschiedener Schiffe, und was aus deren Besatzungen geworden sein mag, das weiß allein der Herrgott im Himmel."

„Und Rappo."

„Rappo mag auch einen Teil wissen, aber ich glaube nicht, dass er an allen diesen Raub- und Mordtaten beteiligt gewesen ist."

„Erinnern Sie sich doch, wie er mit Keppen Ketelsen und unseren Schiffsmaaten und mit Ihnen umgesprungen ist, haben Sie das vergessen?"

Paulsen schüttelte den Kopf.

„Nein, Maat", sagte er. „Aber hier ist der Schatz. Es ist besser, dass wir ihn haben, als Rappo und seine Mordgesellen. Ihr könnt jedoch versichert sein, dass er früher oder später kommen wird, ihn zu holen, wenn er noch am Leben ist. Aber vorläufig sind wir hier. Wir wollen zunächst vier Kisten ins Boot schaffen und an Bord bringen. Vorher aber lasst uns sehen, wie weit die Höhle dort hinten noch in den Berg hineingeht."

Der Weg war beschwerlich. Die Höhle verengte sich und bald wurde auch ihr Ende sichtbar.

„Einen zweiten Ausgang gibt es hier also nicht", sagte Paulsen, nachdem er mit erhobener Laterne Rundschau gehalten hatte. „Hallo, was ist das?"

Und fast zu gleicher Zeit stieß Peter Moll einen Entsetzensruf aus.

Die Laterne beleuchtete ein in einem Winkel in halb sitzender Stellung an die Felswand gelehntes menschliches Gerippe, von dessen Schädel noch einige Strähnen dunklen Haares herabhingen. Auf den fleischlosen Fingern stecken einige kostbare Ringe, deren Brillanten im Laternenschein bunte Lichtblitze ausstrahlten.

„Das ist einer von Keppen Rappos Freunden", sagte Jörn, vorsichtig nähertretend. „Der ist wahrscheinlich hier verhungert. Jaja, mein Junge", setzte er dem Gerippe zunickend hinzu, „ein paar Stück Hartbrot und ein Pott Wasser wären dir wohl lieber gewesen, als all das Geld."

„Warum der wohl hiergeblieben ist?", fragte Gert, der sich scheu in einiger Entfernung hielt. „Ich wäre rausgeschwommen, und wär's auch nur, um in offener See und unter freiem Himmel zu sterben."

„Wahrscheinlich hat er sich von den Schätzen nicht losreißen können", erwiderte Jörn. „Daraus können wir lernen, dass wir nicht habgierig sein sollen. Eigentlich müssten wir alle Mann zu dieser Lektion hierherbringen, nicht wahr, Steuermann Paulsen? Seht, da liegt noch ein Hümpel Goldstücke neben ihm."

„Diese elenden Reste zeigen uns, wie wertlos am letzten Ende auch die größten Reichtümer sind", sagte Paulsen. „Ich denke, wir nehmen ihm die Juwelen von den Fingern."

„Nee, Steuermann, lassen Sie das bleiben", rief Jörn. „Erst müssen alle Mann dies Schaustück sehen. Der Kerl wird bei seinen Lebzeiten wenig Gutes getan haben, jetzt aber kann er uns allen noch nützen, denn sein Anblick bestätigt das Wort meines guten Pastors: Alles ist eitel."

Damit war der Steuermann einverstanden. Während dieses Tages brachten sie zwei Bootsladungen an Bord der Bark. Zu jeder Fahrt wurden andere Leute bestimmt, da alle Mann begierig waren, die Höhle und ihren einsamen Wächter zu sehen.

Vergeblich zerbrach man sich den Kopf darüber, was aus den Seeräubern geworden sein mochte, die all diese Schätze hier aufgespeichert hatten, was nur während einer langen Reihe von Jahren geschehen sein konnte.

„Das will ich dir erklären, Maat", sagte Döschkopp zu Puvogel, als sie sich über diese Frage unterhielten. „Die sind entweder alle nach und nach schiffbrüchig geworden, oder sie wurden aufgehängt. Bloß der Hund, der Rappo, hat sich nicht kriegen lassen. Der ist wie ein falscher Groschen ... alles kann zum Teufel gehen, so einer aber ist immer wieder da."

„Das mag sein, Maat", entgegnete Puvogel. „Wie ist das aber mit dem Gerippe in der Höhle? Meinst du, dass die Piraten immer einen Wächter zurückgelassen haben? Und wenn, dann ist es doch merkwürdig, dass sie ihn ohne Proviant und Wasser ließen. Denn davon ist keine Spur vorhanden, kein Fass, kein Pott, nichts!"

„Das weiß ich auch nicht", sagte Döschkopp.

„Und wo sind seine Kleider geblieben. Er hat keinen Lappen auf seinem Leib, nichts als die Brillantringe."

„Auch das kann ich nicht wissen. Könntest mich eben so gut nach seinem Namen und seinem Vater und seiner Mutter fragen. Du bist und bleibst ein Esel, Jörn."

Bei der nächsten Fahrt fanden die Leute den Dampf in der Bassinhöhle viel lichter als zuvor, und einer von ihnen wurde während der Rückkehr von schwerem Unwohlsein befallen. Da Paulsen nicht daran dachte, diese Erkrankung der Höhlenatmosphäre zuzuschreiben, entsandte er abermals ein Boot. Das aber legte sehr bald wieder langseit an. Es hatte den Dampf in der Bassinhöhle so dicht und erstickend und das Wasser so heiß gefunden, dass es unmöglich war, sie zu passieren.

„Ich will Ihnen was sagen, Steuermann", ließ Puvogel sich auf diese Kunde vernehmen. „Das Eiland fliegt in die Luft, ehe wir den ganzen Schatz an Bord haben. Wir müssen machen, dass wir hier fortkommen."

„Ach was, Jörn", entgegnete Paulsen. „Das Eiland hat nun schon so lange Zeit gehalten, dass ich nicht einsehe, warum es gerade jetzt in die Luft gehen solle. Es ist zweifellos vulkanisch, aber das sind viele. Nach ein paar Tagen wird der Heißwassertümpel wieder fahrbar sein."

Während dieser müßigen Zeit gingen der Steuermann, Puvogel und Gert an Land, um den Teil der Felsgebilde aufzusuchen, der von See aus wie eine Brücke aussah. Sie fanden auch bald zwei turmähnlich aufragende Klippen, deren Spitzen durch eine darüber liegende Platte verbunden waren. Das hindurchfallende Licht ließ sie von einer gewissen Richtung aus wie eine Brücke erscheinen, kam man aber näher heran, dann wurde das Licht durch das höhere Land dahinter ausgeschlossen.

„Ich möchte wohl wissen, wie die zuerst hierhergekommenen Seefahrer diesen Schlupfwinkel herausgefunden haben", sagte Gert.

„Wahrscheinlich durch einen Zufall", antwortet Paulsen. „Sie mögen in die Strömung geraten und so durch den Tunnel getrieben sein. Es muss umständlich gewesen sein, nach jeder

Raubfahrt hierher zu kommen, um die Beute in Sicherheit zu bringen."

„Und was haben sie nun davon?", lachte Jörn. „Ich wollte, die verdammte Suppenküche hörte auf zu kochen, damit wir den Rest der Kisten noch bald an Bord kriegten."

Am Spätnachmittag kehrten sie zur Bark zurück. Einige der Mannschaft waren inzwischen zur Höhle gerojt, hatten sie aber noch immer unzugänglich gefunden. Am nächsten Morgen war's noch schlimmer. Das Wasser im Bassin kochte und warf große Blasen auf, und eine siedende Strömung ergoss sich durch die Schlucht in die Bai.

„Jetzt kann ich mir denken, wie das alte Gerippe zu Tod gekommen ist", bemerkte Puvogel, als das Boot wieder in den Davits hing. „Gekocht wurde der. Vielleicht geschah ihm recht damit, vielleicht auch nicht. Was meinst du, Döschkopp?"

„Ich meine, er ist verhungert", beharrte Döschkopp.

„Meinetwegen halt verhungert", sagte Jörn.

Ein hohles, unterirdisches Donnerrollen unterbrach diesen Streit, und zugleich geriet das Wasser der Bai urplötzlich in heftige Bewegung. Die Leute sahen einander erstaunt und erschrocken an. Sie wussten nicht, wie sie diese Erscheinung deuten sollten. Auch Paulsen und Arendsen waren ratlos.

„Das ist das alte Gerippe", lachte Döschkopp. „Der brüllt, weil wir ihm das Gold wegnehmen. Horch, Jörn, es geht schon wieder los!"

Lauter als zuvor dröhnte, rollte und donnerte es im Erdinneren, und das Wasser wurde so unruhig, dass die Bark zu schlingern begann.

Nach einer langen Besprechung mit Arendsen rief Paulsen alle Mann achteraus. Er sagte den Leuten, dass seiner Ansicht nach ein Erdbeben oder etwas ähnliches im Anzug sei, und dass er es für notwendig hielte, diesen Ort so schnell wie möglich zu verlassen.

„Wir wollen draußen in der offenen See eine Woche kreuzen und dann, wenn das Eiland inzwischen nicht verschwunden ist, die noch übrigen Kisten an Bord holen."

Die Leute gaben ihr Einverständnis zu erkennen, denn während Paulsen redete, hatte das unterirdische Geräusch keinen Moment aufgehört. Der Kürze wegen wurde die Kette geschlippt, nachdem eine Boje daran befestigt worden war, um sie wieder auffischen zu können, und die *Käthe* trieb mit der Strömung schnell durch einen der Einfahrt gegenüberliegenden, gewundenen Kanal hinaus in die offene See.

Einundzwanzigstes Kapitel

Das Gerippe im Sack. - Das gekenterte Boot. - Der geborgene Schatz.
- Der Freudenschuss. - Rappo! - Ein seltsames Geschoß.
Abwehrmaßregeln. - Puvogel setzt Kaffeewasser auf.

Vierzehn Tage kreuzte die *Käthe* um die Brückeninsel herum, ohne dass sich auf dieser eine Veränderung bemerkbar gemacht hätte. Näherte man sich ihr, dann war ein leises Rumpeln und Donnern vernehmbar, nirgends jedoch zeigte sich Rauch oder andere Anzeichen vulkanischer Ausbrüche, wohl aber hing ein leichter Nebeldunst über dem Eiland, der vielleicht in der kochenden Höhle seinen Ursprung hatte.

Endlich wurde Paulsen eines Tages die Zeit zu lang, und er beschloss, unter Zustimmung der Besatzung, am nächsten Morgen wieder durch den Tunnel in die Bai einzulaufen.

„Wir müssen wenigstens den Versuch machen, zu holen, was noch zu holen ist", sagte er. „Vielleicht ist die Suppenküche passierbar. Wir können hier nicht noch ein Jahr herumkreuzen."

Und bald darauf lag die *Käthe* wieder in der felsumschlossenen Bai, beinahe an derselben Stelle wie zuvor. Ein Boot wurde zu Wasser gebracht und mit denselben Leuten bemannt, die hier zuerst die Fahrt an Land gemacht hatten. Döschkopp war wieder auf den Beinen und flink und beweglich wie eine Katze. Sie fanden nur wenig Dampf in der Höhle, aber das Wasser des Bassins war sehr heiß. Ohne sonderliche Beschwerden erreichten sie die hintere Höhle.

„Dort sitzt das Gerippe und grinst noch immer so vergnügt, als ob nichts passiert wäre", sagte Jörn. „Was sagen Sie, Steuermann Paulsen, wollen wir den Kerl nicht wegschaffen? Ich krieg immer einen Gänsehaut, wenn ich ihn ansehe."

„Ja", nickte der Steuermann, „das hätte schon längst geschehen können. Bei der zweiten Fahrt wollen wir einen Sack mitbringen und ihn da reinstecken, denn fassen wir ihn so an wie er da ist, könnten wir ihn in Stücke brechen."

Sie beluden das Boot und machen sich auf den Rückweg. Während der Fahrt klagten Jörn und Gert plötzlich über starkes Unwohlsein. Eine zweite Fahrt wurde daher an diesem Tag aufgegeben. Am nächsten Morgen hatten sie sich von der Wirkung des giftigen Höhlendunstes wieder erholt, und so gestattete Paulsen ihnen aufs Neue die Mitfahrt.

In der Schatzhöhle angelangt, war ihre erste Aufgabe, das Gerippe in den Sack zu stecken, was ihnen auch gelang, ohne die dürren Gebeine sonderlich zu beschädigen. Dann schafften sie die Ladung ins Boot, legten den Sack oben drauf und verließen die Höhle. Sie hatten die Absicht, den Sack über Bord zu werfen, wenn sie langseit der Bark angelangt sein würden, damit die Strömung ihn in die offene See hinaustreibe.

„Was habt ihr dort in dem Beutel, Jörn?", rief der Matrose, der auf der Back der *Käthe* bereitstand, dem Boot eine Leine zuzuwerfen.

„Einen blinden Passagier", war die Antwort.

Der Mann warf die Leine, Gert aber, der sie auffangen sollte, griff fehl, verlor das Gleichgewicht und stürzte kopfüber in die wirbelnde Flut. Jörn und Döschkopp versuchten ihn zu fassen. In demselben Moment stieß das Boot an die Schiffseite, die Strömung riss es herum, es holte über, eine Goldkiste rutschte nach Lee hinab, und noch ehe die beiden Matrosen sich besinnen konnten, war das Fahrzeug gekentert.

„An Land schwimmen!", schrie Paulsen seinen Gefährten zu, als er wieder aufgetaucht war. „Lasst das Boot gehen!"

Der letztere Befehl war überflüssig, denn das Fahrzeug war bereits gut sechs Faden von der Unglücksstelle entfernt.

Gert war zuerst aus der Strömung heraus und in ruhigem Wasser. Auch die anderen waren treffliche Schwimmer, und so währte es nicht lange, bis sie den Strand erreicht hatten. Das Boot war inzwischen durch den engen Ausgangskanal nach See zu getrieben, ebenso der Sack.

„Was nun, Steuermann?", fragte Jörn, als er das Wasser aus seiner langen Mähne geschüttelt hatte. „Das verdammte Piratengerippe ist an allem schuld!"

„Wir müssen so schnell wie möglich das andere Boot haben", antwortete Paulsen. „Döschkopp, Sie können am dollsten brüllen. Preien Sie die Bark an, Steuermann Arendsen soll uns sofort das Boot schicken."

Döschkopp führte den Befehl aus, dann aber sagte er: „Das andere Boot ist leck wie ein Sieb, das wird uns kaum über Wasser halten können."

„Wir müssen das gekenterte Boot unter allen Umständen wiederhaben", entgegnete Paulsen, „mit dem anderen können wir die schweren Kisten nimmermehr an Bord schaffen, wenn es nicht vorher vom Zimmermann ausgebessert wird, und darauf zu warten haben wir keine Zeit."

Das Boot kam. War halb voll Wasser, als es anlangte. Arendsen hatte wohlweislich eine Pütz zum Ausschöpfen mitgegeben. Paulsen und seine Leute sprangen hinein und machten sich eiligst an die Verfolgung des weggetriebenen Fahrzeugs. Gert musste unaufhörlich das Wasser ausschöpfen, Puvogel und Döschkopp rojten, Paulsen steuerte.

Die Strömung führte sie schnell durch den schmalen Kanal, und als sie die kleine Strecke in die See hinaus gerojt waren, da kam ihnen das gesuchte Boot in Sicht. Nach einer halben Stunde hatten sie es erreicht. Es trieb noch immer kieloben. Puvogel kletterte hinauf, und nach vieler Mühe gelang es ihm mit Hilfe der anderen, es herumzuwuchten und aufzurichten. Jetzt musste das Wasser ausgeschöpft werden, das aber war eine bedenkliche Sache, denn während sie hier schöpften, füllte sich das andere Boot. Da dem jedoch nicht abzuhelfen war, so musste das schadhafte Fahrzeug geopfert werden. Als das eine Boot leer war, war das andere nahezu voll. Sie schafften die Geräte hinüber, überließen das sinkende Fahrzeug seinem Schicksal und machten sich auf die Fahrt um die Insel herum, um durch den Eingangstunnel wieder in die Bai und zur Bark zu gelangen. Als sie sich auf der Höhe des Kugelfelsens befanden, begann bereits die Dunkelheit hereinzubrechen.

Als sie an Bord der Bark die Schlucht und den Tunnel passierten, da waren sie von der Wildheit der wirbelnden Strömung nicht viel gewahr geworden, desto mehr empfanden sie dieselbe in dem kleinen Boot. Sie mussten alle Kraft aufbieten, sich festzuhalten, wenn das Boot sich mit größter Schnelligkeit wie ein Kreisel drehte oder ruckweise nach Backbord und Steuerbord, aufwärts und abwärts geworfen wurde.

Und als sie endlich die Bark erreichten, nachdem sie bereits alle Hoffnung aufgegeben, da schwor Jörn, er sei fest überzeugt, kein einziges Stück Eingeweide mehr im Leib zu haben.

* * *

Sechs Wochen brachte die Mannschaft der *Käthe* damit zu, die Kisten aus der Höhle an Bord zu schaffen. Die Arbeit konnte nur langsam vor sich gehen. Einen großen Teil der Zeit war die Bassinhöhle so voll von Dampf und giftigem Dunst, dass niemand sie passieren konnte.

Der Schatz, dessen Wert die beiden Steuerleute auf viele Millionen berechneten, nahm sich, im Raum verstaut, nur winzig aus, aber alle Mann wussten, wie groß er war und fühlten sich sehr zufrieden.

Paulsen hatte sie allerdings nicht lange im Zweifel darüber gelassen, dass man nur über den allerkleinsten Teil des Fundes frei verfügen konnte. Er hatte bald entdeckt, dass das Gold aus den australischen Diggings stammte, und dass die Schiffe, die es nach England schaffen sollten, von den Seeräubern überfallen, ausgeraubt und verbrannt oder versenkt worden waren.

Die Barren mussten daher an England ausgeliefert werden, aber der gesetzliche Bergelohn dafür würde sich jedenfalls auf eine solche Summe beziffern, dass auf jeden Mann der Besatzung ein so großer Betrag entfallen musste, dass er damit fortan, solange er lebte, ein sorgenfreies, bescheidenes Dasein führen konnte.

Das gemünzte Gold und Silber blieb das Eigentum der Finder, ebenso die kostbaren Schmuckgegenstände. Dies alles sollte später, nach der Heimkehr, unter allen gleichmäßig verteilt werden.

Endlich war die Höhle ausgeleert und die letzten Kisten wurden an Bord genommen.

Das war an einem Spätnachmittag, kurz vor Sonnenuntergang. Puvogel hatte mit Paulsens Erlaubnis die Kanone geladen, und als sich alles im Raum befand und die Luken zugedeckt waren, da gab er einen Freudenschuss ab, der hundertfach an den Felswänden der engen Bai widerhallte.

„Hurra!", schrien alle Mann in jubelnder Freude, „Hurra! Hurra! Hurra!"

Auch jetzt fiel das Echo donnernd ein.

Wenige Sekunden später aber stieß Jörn einen Ruf aus, der alle seine Schiffsgenossen im ersten Augenblick erstarren ließ.

„Donnerschlag!", rief er. „Dort ist ein Schiff, ein Schiff! Das ist Rappo, so wahr ich ein armer Sünder bin!"

Während er noch redete, schoss ein großer Dreimastschoner aus dem Tunnel in die Bai hinein und strich so dicht an der *Käthe* vorbei, dass man eine Münze hätte hinüberwerfen können.

Auf seinem Kampanjedeck stand Rappo.

„Behalt' deinen Anker an Bord, Maat!", schrie Puvogel ihm zu. „Halte dich nicht erst lange auf, wir sind vor dir hier gewesen! Steuere ruhig auf das andere Loch zu, denn so bringt dich die Strömung wieder heraus aus diesem Tümpel!"

Ein Pistolenschuss war die Antwort. Die Kugel traf jedoch nur den Fockmast.

Gleich darauf geschah ein Plumps und ein Kettengerassel ... der Schoner war einen Kabellänge von der Bark entfernt zu Anker gegangen.

„Gebt ihm eins für seine Frechheit!", rief Paulsen. Im Nu war die Kanone wieder geladen, aber nur mit einer Platzpatrone, da Geschosse nicht an Bord waren.

„Hier!", schrie einer, „schieb' das rein!"

Damit reichte er dem gierig danach greifenden Puvogel einen Dweil.

Ein Dweil ist ein aus mehreren am Ende eines Stiels befestigen Lappen hergestellter Aufwischer zum Reinigen und Trocknen des Decks. Jörn stieß ihn in den Lauf des Geschützes und feuerte ihn gegen den Schoner.

„Hoffentlich hat er Keppen Rappo gegen den Kopf getroffen", grinste er. „Mit so einem nassen Dweil erschossen zu werden, das hätte der Hund verdient!"

Der Schuss wurde nicht erwidert.

Da ein Nachtangriff von Seiten der Seeräuber zu erwarten war, versah Paulsen seine Leute mit Gewehren und reichlicher Munition. Dann wurden zwei Mann nach vorn geschickt, um nach etwa herankommenden Booten zu spähen, während die anderen ihr Abendbrot einnahmen.

„Hätten wir sie doch mit nach Kalkutta genommen", sagte Jörn Puvogel, „dann hingen sie dort längst hoch am Galgen. Ich wusste und sagte es ja, dass Rappo das viele Geld nicht aufgeben würde."

„Ja, und heute Nacht kriegen wir es mit ihm und seinen Leuten zu tun, das ist ganz gewiss", knurrte Döschkopp. „Er hat mindestens fünfzig Mann an Bord, soviel ich sehen kann und mehr als die Hälfte davon sind Malaien. Die schwimmen wie die Wasserratten, die brauchen gar kein Boot, um unsere Bark zu entern. Wenn wir nicht verdammt gut aufpassen, dann sind wir morgen früh alle in Abrahams Schoß. Diese Malaien klettern an der glatten Schiffswand hoch wie die Fliegen. Also die Augen auf, Maaten!"

Nach dem Abendbrot wurde Wache gegangen wie auf See. Die Backbordwache, unter Paulsens Kommando, hatte den ersten Törn. Zwei Mann hielten Ausguck, die übrigen wurden längs der Reling postiert. Jeder hatte ein Gewehr, eine Pistole und einen Säbel.

Die Nacht war sehr dunkel. Kein Lichtschimmer durfte sich an Deck zeigen, in der Kajüte aber wurde eine Anzahl brennender Laternen in Bereitschaft gehalten. Das Boot hing klar zum Fieren in den Davits. Paulsen hatte Waffen und Munition hineinschaffen lassen, um für den Fall einer Wegnahme der Bark durch die Piraten darin an Land fliehen zu können.

Kurz bevor die Wache gesetzt wurde, hatte Puvogel den Steuermann Paulsen um Erlaubnis gefragt, Feuer in der Kombüse halten zu dürfen.

„Ein Pott Kaffee wird uns in der Nacht gut tun", war seine Begründung. Kaffee macht munter. Ich kann also den Kessel aufsetzen, Steuermann?"

„Gewiss, Jörn. Aber halten Sie die Türen dicht zu, damit niemand durch den Feuerschein geblendet wird."

„Jawoll, Steuermann", sagte der Matrose vergnügt und ging, Gert aufzusuchen.

„Sohnemann", raunte er diesem zu, „du musst mir helfen, alles Kochgeschirr, was in der Kombüse ist, mit Wasser zu füllen. Wenn Rappo und seine Malaien aus dem Wasser kommen und über unsere Reling wollen, dann sind sie jedenfalls ein bisschen frostig und schudderig, denn das Wasser in der Bai ist kühl, und dann wird es ihnen sehr angenehm und gesund sein, wenn sie kochendes Waser über die Köpfe bekommen, nicht wahr?"

„Ein famoser Gedanke, Jörn!", rief Gert mit unterdrückter Stimme. „Aber nicht nur den heranschwimmenden Malaien, auch den anderen Banditen, die in Booten langseit kommen, wird kochendes Wasser die beste Begrüßung sein. Oha, ich höre sie schon brüllen und sehe sie schon aus Leibeskräften davonpaddeln!"

„Ja, mein Junge", grinste Jörn, „eine zweite Portion warten sie sicher nicht ab, aber ich verstehe mich schlecht auf die Wirkung von kochendem Wasser."

Bald standen die Kessel, die Töpfe und die Kasserollen bis an den Rand gefüllt auf der Maschine, in der ein helles Kohlenfeuer prasselte. Sie machten die Türen dicht, ließen das Wasser kochen und wiegten sich in der Hoffnung, dass ein Teil davon bestimmt sein möge, ihren alten Bekannten, Keppen Rappo, den abgebrühten Verbrecher, nun auch einmal in des Wortes eigenster Bedeutung recht gründlich zu verbrühen.

Zweiundzwanzigstes Kapitel

"Keinen Laut, oder du bist tot!". - "Komm, Döschkopp, jetzt ist es Zeit!" - Der Parlamentär. - "Puvogel, Kaffeewasser!"

Stundenlang hielten unsere Freunde an Bord der *Käthe* ihre schweigsame Wacht. Was sie einander mitzuteilen hatten, geschah in leisem Flüsterton. Alle waren überzeugt, dass Rappo die Nacht nicht ohne Angriff verstreichen lassen würde. Keiner tat ein Auge zu, da auch die Steuerbordwache die Kojen nicht aufgesucht hatte, sondern gewaffnet mit den anderen auf Posten stand. Alles war für einen Überfall günstig. Die Finsternis war so undurchdringlich, dass die über die Reling Schauenden selbst das Wasser unter sich nicht sehen konnten, auch musste das Rauschen und Plätschern der Strömung jedes sich nahende, von einem Boot oder Schwimmer ausgehende Geräusch unhörbar machen.

„Wenn Rappo kommt, dann muss er erst eine Strecke vorausrojen und sich dann mit der Strömung zu uns durchsacken lassen", sagte Jörn zu Gert. „Kommt also unser Kaffeewasser zur Verwendung, dann kann das nur vorn, etwa bei der Fockrüst, sein, und ich habe mit Döschkopp abgemacht, dass wir beide den großen Erbsensuppenkessel dorthin schleppen. Du nimmst dann unsere Posten an der Reling wahr. Wir bleiben nicht lange fort. Denn wie ich schon sagte, die Brut wird eine zweite Portion nicht abwarten."

Nichts ereignete sich bis etwa eine halbe Stunde vor Mitternacht. Da kam einer der Ausguckleute eilig achteraus gelaufen, um Paulsen zu melden, dass er an Bord des Schoners ein Geräusch gehört habe, als ob ein Boot aus den Davits gefiert würde. Einer der Taljenblöcke hätte gequietscht.

Der Steuermann trat an die Reling und hielt die Hand ans Ohr. Der Matrose tat dasselbe.

„Ich höre ein Boot kommen", sagte der erstere. „Ganz deutlich. Sie haben das Umwickeln der Riemen nicht für nötig gehalten, wie's scheint. Laufen Sie nach vorn und sagen Sie unterwegs den anderen Bescheid."

„Jawoll, Steuermann, die Hunde sollen sich nicht einbilden, dass wir schlafen."

Puvogel und Döschkopp hatten kaum die Kunde vernommen, da schlüpften sie geräuschlos zur Kombüse, hoben den großen Kessel von der Maschine und schleppten ihn mit seinem kochenden Inhalt an Deck. Die Kombüsentür wurde sorglich wieder geschlossen. Dann kehrten sie auf ihre Posten zurück.

Gert hatte seine Station bei der Großwant. Er suchte mit den Blicken die Finsternis zu durchbohren, in der Hoffnung, das Boot zuerst zu entdecken. Während er sich über die Reling beugte, fühlte er plötzlich eine kalte nasse Hand auf der seinen. Blitzschnell riss er sie zurück und packte das Handgelenk einer vor ihm sich erhebenden schwarzen Gestalt. Er wollte den Alarmruf geben, aber, des Verbotes eingedenk, unterdrückte er ihn.

„Keinen Laut, oder du bist tot!", zischte er dem Malaien zu.

Als Antwort erhielt er einen Messerstich durch den Arm. Er ließ jedoch nicht los, sondern zog nun auch sein Messer aus der Scheide und versetzte dem Angreifer, der sich schon halb über die Reling geschwungen hatte, einen Stich in den Hals. Aufstöhnend wollte der Kerl ins Wasser zurücksinken, aber Gert packte ihn mit Aufbietung aller Kraft und zog ihn an Deck, wo er liegen blieb.

Jetzt kam wildes Rufen von vorn her, Schüsse knallten, auch ließ sich ein wiederholtes Plumpsen vernehmen. Dann hörte er Puvogels Stimme:

„Komm, Döschkopp, jetzt ist es Zeit!"

Ein Rauschen und Spritzen von über die Reling gegossenem Wasser ... fürchterliches Wehegeheul, ohrzerreißendes Gekreisch ... entsetzliches Fluchen in allerlei europäischen und fremdländischen Sprachen ... dann Paulsens Kommando:

„Feuert, Leute! Feuert alle zusammen! Schießt das Boot leck, dass es wegsackt!"

Ob das letztere gelang, war nicht mehr zu erkennen, denn von der Strömung erfasst, trieb das Fahrzeug schnell davon und verschwand in der Finsternis.

Eine minutenlange Totenstille folgte dem wilden Getümmel. Paulsen unterbrach sie.

„Ist jemand verwundet?", fragte er.

„Gekocht sind sie, die Halunken!", rief Jörn triumphierend. „Mit unserem Kaffeewasser!"

„Ich habe einen Stich in den Arm gekriegt", sagte Gert, „aber ich habe dafür auch einen Gefangenen gemacht."

Paulsen nahm den Jungen mit sich in die Kajüte, wo sich die Wunde als nicht gefährlich erwies, obgleich sie den ganzen Arm durchbohrt und starken Blutverlust verursacht hatte. Als sie verbunden war, spürte Gert kaum noch Schmerzen.

Der Malaie lag noch ohne Besinnung.

„Packt ihm etwas unter den Kopf und lascht ihm die Füße zusammen", befahl der Steuermann, nachdem er ihm die Halswunde verbunden hatte. „Solchem Gesindel gegenüber kann man nicht vorsichtig genug sein."

Außer unserm jungen Helden hatte keiner von der Käthe-Mannschaft einen Schaden erlitten. Von den Piraten waren nachweisbar drei Malaien, die sich oberhalb der Reling gezeigt, mit gespaltenen Köpfen in die Flut zurückgeworfen worden. Die Wirkung, die Jörns heißes Wasser in dem Boot der Angreifer ausgeübt hatte, konnte nur gemutmaßt werden. Jedenfalls war der Feind dadurch endgültig in die Flucht gejagt worden.

Der Rest der Nacht verlief ruhig. Im Morgenlicht zeigte sich der Dreimastschoner als ein prachtvolles amerikanisches Klipperfahrzeug.

„Weiß der Teufel, auf welche Weise der mordverbrannte Kerl, der Rappo, zu diesem Schoner gekommen ist!", sagte Paulsen zu seinem Steuermann Arendsen, der neben ihm an der Reling stand. „Jedenfalls wieder als armer Schiffbrüchiger. Ein schändlicher Trick! Und wieviel Blut dabei wieder geflossen sein mag! Ich kann mir nie verzeihen, dass ich ihn nicht dem Henker überlieferte, als ich ihn in meiner Gewalt hatte! Aber ich denke, ich fasse ihn mir wieder."

Während er noch redete, wurde an Bord des Schoners die weiße Parlamentärflagge geheißt.

„Sie führen jedenfalls irgendeine Verräterei im Schild", sagte Arendsen, „aber ich denke, wir hören, was sie zu sagen haben. Ich werde etwas Weißes, ein Tischtuch, heraufholen."

Paulsen war einverstanden, und das Tischtuch wurde an der Besanswant befestigt.

Gleich darauf stieß ein Boot von dem Schoner ab. Zwei Mann rojten, die Jochleinen handhabte ein Dritter, den man beim Näherkommen als Rappos Bootsmann erkannte.

„Sie wollen den Schuft doch nicht etwa an Bord kommen lassen, Steuermann Paulsen?", rief Puvogel dem letzteren zu. „Da ist noch heiß Wasser in der Kombüse, sagen Sie bloß ein Wort, und ich verbrühe ihm die Spitzbubenfratze!"

„Überlassen Sie die Sache mir, Jörn", war die Antwort. „Werfen Sie dem Boot eine Leine zu, wenn es langseit kommt."

Jörn gehorchte brummend, und bald stand der Bootsmann in der Großrüst, im Begriff über die Reling zu klettern.

„Halt, mein Junge, nicht weiter!", rief Jörn ihn an. „Wir können solches Pack hier an Bord nicht brauchen!"

„Ich will den Kapitän sprechen, wenn ihr einen habt", entgegnete der Seeräuber frech.

„O ja, einen Kapitän haben wir, und einen feinen obendrein, euren ehemaligen Schiffsmaat, Steuermann Jakob Paulsen, den ihr Hunde gern umgebracht hättet. Da kommt er. Jetzt kannst du palavern, solang er dir zuhören will. Schickt er dich fort, dann verschwinde so fix du kannst, denn in der Kombüse wird gerade Kaffee gekocht und der große Kessel ist ganz voll heißem Wasser. Du verstehst, denk an heute Nacht. Sowie Keppen Paulsen ruft: Kaffeewasser! Dann sieh dich vor!"

Mit einem lachenden Blick auf den herantretenden Steuermann zog Jörn sich in der Richtung der Kombüse zurück.

„Guten Morgen, Paulsen", begann der Bootsmann.

„Ich freue mich, Sie wohl zu sehen, und dazu als Befehlshaber einer so schönen Bark. Ich bringe eine Botschaft von Keppen Rappo."

„Heraus damit, aber ganz kurz!"

„Keppen Rappo findet, dass Sie ihm hier zuvorgekommen sind. Er macht ihnen sein Kompliment. Er hat sich etwas verspätet, weil er nicht gleich ein passendes Schiff finden konnte. Er nimmt an, dass Sie bereits einen Teil der Schätze an Bord haben, die er und andere mit so großer Mühe zusammengebracht haben. Er lässt Sie auffordern, auf der Stelle alles wieder herauszugeben, dann will er Sie auch ungehindert davonsegeln lassen. Wenn Sie sich weigern, dann hätten Sie sich die Folgen selber zuzuschreiben. Was dann im Kampf nicht fiele, das würde er ohne Gnade an die Rahen hängen."

„So", sagte Paulsen ruhig. „Antworten Sie ihm, wenn er in einer halben Stunde nicht aus dem Loch hier hinaus ist, dann bohre ich ihn mit seinem Kasten in den Grund. Und nun fort!"

Der Bootsmann zögerte.

„Puvogel!", rief der Steuermann.

„Jawoll, Keppen Paulsen!"

„Kaffeewasser!"

„Komm schon! Pass acht, Bootsmann! Das kocht gerade wunderschön!"

Der Bandit sprang blitzschnell ins Boot, warf die Leine los und rojte zum Schoner zurück.

Rappo ließ die Parlamentärflagge niederholen, Arendsen nahm das Tischtuch aus der Besanswant, und die Mannschaft der *Käthe* wusste nun, dass sie demnächst einen Kampf zu überstehen haben würde, bei dem es nichts anderes galt, als Sieg oder Tod.

Dreiundzwanzigstes Kapitel

*Wie Döschkopp seinen Freund Jörn zu seiner Meinung
bekehrt. - „Wir wollen die Kanaillen mit goldenen Geschossen
begrüßen!" - Des Bootsmanns Ende. - Gerts Kriegslist.
„Wo ist Rappo geblieben?" - Der Untergang der Käthe.*

Puvogel und Döschkopp lehnten an der Reling und beobachteten den Schoner, ohne jedoch an dessen Deck etwas wahrnehmen zu können. Die *Käthe* ankerte auf einer für sie jetzt sehr ungünstigen Stelle, da sie dem Bug des Schoners ihr Heck zuzukehren gezwungen war. Sie konnte ihre Lage auch nicht ändern, sie konnte nicht einmal nach See hinaus, da Rappos Fahrzeug ihr den Weg versperrte. Schlippte sie ihr Kabel, dann konnte sie einen Zusammenstoß mit jenem nicht vermeiden.

„Er hat gewusst, was er tat, als er da zu Anker ging", sagte Jörn. „Ich würde mich ganz gern mit ihm und seiner Bande herumschlagen, aber wenn man solche Ladung an Bord hat wie wir, dann möchte man sie doch lieber mit heiler Haut in Sicherheit bringen. Was sagst du, Maat?"

„Was ich sage? Ich sage, dass ich lieber jeden Pfennig verlieren wollte, als dass der Hund mir aus den Fingern kommt. Hat er nicht alle unsere Schiffsmaaten umgebracht? Lebendig kommt er von diesem Platz nicht mehr weg. Mein Wort darauf. Er ist auch der Mörder von dem Gerippe, das in der Höhle den Schatz bewachen sollte. Das wäre eine Schande, wenn wir uns den Satanskerl hier nicht gründlich vornehmen würden. Ich habe mir schon oft überlegt, was ich mit dem Geld anfangen würde, wenn ich nach Hause käme, aber lieber würde ich alles verlieren, als Rappo davonkommen lassen!"

„Diesmal hast du Recht, Döschkopp! Ich will nichts gesagt haben. Ja, es wäre wirklich eine Schande, den Verbrecher jetzt wieder entweichen zu lassen."

Vom Schoner her fiel ein Schuss, das Geschoß sauste über die *Käthe* hinweg. Moll und Frettwurst hatten kurz zuvor die Kanone mit allerlei Eisenwerk geladen, das sie aus dem Hellegat heraufgeholt und das Geschütz auf den Schoner gerichtet.

Jetzt gaben sie Feuer. Ein Gebrüll drüben war die Antwort, und ein Mann, der von der Großbramrahe aus den Feind beobachtet hatte, meldete mit Triumphgeschrei, dass vier der Banditen gefallen seien.

Ein zweiter Schuss des Schoners traf die Bark unterhalb des Hecks, durchschlug die Kajüte und zerschmetterte einige der im Raum verstauten, mit Münzen gefüllten Kisten.

Der Eisenvorrat reichte nur noch für zwei Ladungen. Eine davon versendete Paulsen eigenhändig gegen die Boote, die auf dem Galgen an Deck des Schoners lagen, und er hatte auch das Glück, von den beiden die Splitter fliegen zu sehen. Zu gleicher Zeit verkündete ein Wehegeheul, dass die Marlspieker, Bolzen, Schrauben und Nägel der Ladung auch unter Rappos Mordgesellen grimmig gewütet hatten.

Noch aber hatten die Piraten drei Boote zur Verfügung, die sie jetzt eiligst an der der Bark abgekehrten Seite zu Wasser brachten, so dass die Geschosse unserer Freunde sie nicht erreichen konnten.

Paulsen beorderte alle Mann nach dem Achterdeck, auch das Geschoss wurde dorthin gebracht.

„Wenn wir die letzte Eisenladung verfeuert haben, dann wollen wir die Kanaillen mit goldenen Geschossen begrüßen!", rief er seinen Getreuen zu. „In den Raum, drei oder vier von euch, und schafft an Deck, was ihr schleppen könnt. Wir wollen die Hunde so mit Schätzen überschütten, dass sie nicht mehr verlangen sollen. Eilt euch, da kommen drei Boote hinter dem Schoner hervor und rojen auf uns zu, was das Zeug halten will."

Gert, Jörn, Moll, Döschkopp und noch zwei andere sprangen laut jubelnd zur Großluk, rissen den Deckel ab, verschwanden in der Tiefe und tauchten nach kurzer Frist wieder auf, eine Kiste mit Goldbarren und einen Sack voll Gold- und Silbergeld emporbringend. Auf dem Achterdeck mit Hurra empfangen, legten sie die „Geschosse" bei dem Geschütz nieder, wo auch der Pulverkasten schon bereitstand.

In dem ersten der Boote stand Rappos Bootsmann auf der Achterducht und suchte mit lauten Zurufen, den Säbel in der rechten, eine Pistole in der Linken, die rojenden Malaien zu wildem Kampfesmut zu entflammen.

„Junge, Junge, wie schön singst du!", sagte Puvogel das Geschütz richtend. „Warte, ich werde dir einen Dämpfer versetzen! Ich habe ihn auf dem Korn", rief er Paulsen zu, „soll ich Feuer geben?"

„Wenn Sie Ihrer Sache sicher sind, dann los!"

Donnernd hallte der Knall von den Felswänden nieder. Ein splitterndes Krachen, ein Gekreisch und Geheul ... das Boot war verschwunden, an seiner Stelle trieb nur noch ein loses Plankenwerk, man sah nur noch eine Anzahl dunkler Köpfe und Arme sich über das Wasser emporrecken, die aber auch bald versanken.

„Adjüs, Bootsmann!", rief Döschkopp. „Das hast du fein gemacht, Jörn!"

„Nicht wahr, Maat? Aber los, wenn ich erst das Gold dieser alten Kanone habe!"

Die anderen beiden Boote hatten sich durch die Katastrophe des ersten nicht abschrecken lassen, denn die wurden von Rappo selber geführt. In wenigen Minuten waren sie langseit, eins auf Backbord und eins auf Steuerbord, hatten die Fangleinen mit größter Gewandtheit und Schnelligkeit befestigt, und im nächsten Moment ergoss sich über beide Relingen eine brüllende Dämonenschar an Deck der *Käthe*.

„Kein Schuss mehr! Kolben, Säbel, Handspaken und Messer!", hatte Paulsen seinen Leuten noch zugerufen, dann entspann sich ein fürchterliches Handgemenge, das anfänglich für unsere Freunde verderblich zu werden schien, da die Piraten ihnen an Zahl um das Doppelte überlegen waren. Aber die Kätheleute teilten so gewaltige Hiebe und Fußtritte aus, dass die nackten Malaien bald scheu vor ihnen zurückwichen. Auf diese Weise gereichte den Piraten ihre Übermacht nicht sonderlich zum Vorteil.

Rappo focht wie ein Löwe. Kaum über die Reling gesprungen, hatte er den sich ihm mit geschwungenem Säbel entgegen werfenden Steuermann Arendsen nach kurzem, aber hartnäckigem Kampf niedergestreckt und gleich darauf zwei der in Kalkutta an Bord gekommenen Matrosen hinterrücks durch

Dolchstiche tödlich getroffen. Den letzten dieser beiden sah Paulsen fallen. Er stürzte, einige Banditen über den Haufen rennend, herzu und hätte mit dem schweren Brecheisen, das er schwang, dem Seeräuberhäuptling unfehlbar den Schädel zerschmettert, wenn nicht zufällig in demselben Augenblick Jörn Puvogel diesen mit einem Bootshaken beim Hals gepackt und mit Riesengewalt so heftig an Deck niedergerissen hätte, dass ihm die Sinne vergingen.

Schon kam Döschkopp, der Augenzeuge von der Tat seines Maaten gewesen war, mit einem Ende Schiemannsgarn herbei, den Gestürzten zu fesseln, als urplötzlich Gerts durchdringende Stimme das Getümmel übertönte.

„Die Boote treiben weg!", schrie er.

Ein panischer Schrecken durchfuhr die Piraten bei dieser Kunde, sie drängten sich in hastiger Überstürzung zur Reling und sprangen, einander zur Seite stoßend, so schnell sie konnten über Bord.

Die Boote waren wirklich bereits eine Strecke weit von der Bark abgetrieben. Der listige Gert war auf den guten Gedanken gekommen, während des Getümmels zuerst in die Großrüst auf Steuerbord und dann in die auf Backbord zu schlüpfen und hier wie dort die Fangleinen der Piratenboote abzuschneiden und dann den Alarmruf auszustoßen, dessen Wirkung er vorausgesehen hatte.

„Wo ist Rappo geblieben?", rief Döschkopp, nachdem er dem letzten der Flüchtlinge noch einen Fußtritt mit auf die Reise gegeben hatte. „Ist auf so ein Ungeziefer wohl Verlass? Hier lag er und jetzt ist er weg!"

Mit einer Verwünschung schob er sein Schiemannsgarn wieder in die Tasche und sah den Davoneilenden nach, die teils in den Booten, teils dem Schoner zustrebten. Die Malaien sind gute Schwimmer, und so gelang es ihnen, die Boote und sich selber in Sicherheit zu bringen und dabei auch noch einige verwundete Genossen über Wasser zu halten.

Die Verluste unserer Freunde waren schwer. Steuermann Arendsens Stunden waren gezählt. Rappos andere Opfer, die beiden Matrosen aus Kalkutta hatten bereits ihr Leben ausgehaucht. Im Übrigen war kein einziger der ganzen Besatzung unverletzt geblieben. Von den Banditen waren zehn Mann gefallen. Vier davon lagen noch lebend an Deck. Auch dieser nahm Paulsen sich an, nachdem zuvor seine eigenen Leute verbunden worden waren.

Rappo war wieder einmal davongekommen. Er hatte kurz vor Gerts Alarmruf die Besinnung wiedererlangt und sich in der allgemeinen Panik unbemerkt mit den anderen über Bord geworfen. Er erreichte mit dem Beistand einiger Malaien das nächste Boot und kam so wieder an Bord seines Schoners.

Die Leichen der beiden Matrosen wurden in ihre Kojen gebettet, um ihnen später ein christliches Seemannsbegräbnis zu geben. Die toten Piraten warf man über Bord und überließ sie der Strömung, und als dann das Deck von den Kampfspuren gesäubert war, nahmen unsere erschöpften Janmaaten, auf dem Achterdeck hingelagert, ein schnell hergerichtetes Mahl ein ... Hartbrot, kaltes Salzfleisch und Kaffee.

Sie waren noch damit beschäftigt, da kam ein Schuss von dem Schoner.

„Der hat uns zwischen Wind und Wasser getroffen!", rief Paulsen und erhob sich schnell. „Zimmermann, springen Sie in den Achterraum, dort hat er eingeschlagen! Ladet das Geschütz, Puvogel und ihr andern, mit Gold, bis an die Mündung voll mit Gold ... was wird noch besser flutschen als Bolzen und Marlspieker!

Das feindliche Geschoss hatte die Planken einen Fuß unterhalb der Wasserlinie durchschlagen, so dass die Flut in Strömen durch das Leck hereindrang. Es dauerte eine Weile, ehe es dem Zimmermann gelang, die zersplitterte Öffnung wieder dicht zu machen. Wäre das Leck vorn im Bug gewesen, so hätte man das Eindringen des Wassers dadurch verhindern können dass man eine Persenning oder sonst ein Segeltuch von außen davor anbracht, das dann, von der Strömung angedrückt, das Leck abgedichtete hätte.

Ein zweiter Schuss des Schoners traf die Besanstenge der Bark, die sogleich an Deck niederstürzte. Die Piraten brachen bei diesem Erfolg in ein Freudengeschrei aus, und ein ganzer Haufe von ihnen erstieg die Back, um besser sehen zu können.

Jörn hatte sein Geschütz bereits auf den Bug des Schoners gerichtet, als Paulsen Feuer kommandierte. Einige Sekunden später warf das Felsenecho das Wehgeschrei der Piraten zurück, in deren dicht gedrängte Menge die goldene Ladung hineingeschmettert war und fürchterliche Verheerung angerichtet hatte.

„Bravo!", rief Paulsen. „Das hat gesessen! Mindestens ein halbes Dutzend Halunken weniger! Jetzt wollen wir zunächst die Havarie hier achtern aufklären. Schade um die gute Stenge."

Rappo, den der neue schwere Verlust in die größte Wut versetzt haben mochte, ließ jetzt in schneller Folge Schuss auf Schuss auf die *Käthe* abgeben. Viele davon trafen ihren Rumpf unter der Wasserlinie, so dass sie sich langsam mit Wasser zu füllen begann. Wohl stellte Paulsen alle entbehrlichen Leute an die Pumpen, aber trotzdem stieg das Wasser im Raum höher und höher und bald erkannte man, dass die Bark nicht mehr zu retten sei. Am Nachmittag wurde das Pumpen eingestellt.

„Unsere gute alte Bark sackt weg und ist verloren", grollte Döschkopp, indem er sich erschöpft an die Kombüse lehnte, „und das viele Geld und die Goldbaren und all die anderen kostbaren Dinge gehen zum Teufel! Junge, Junge, und was haben wir uns abgequält, all das Zeug an Bord zu bringen!"

„Ja, Maat, das magst du wohl sagen", stimmte Peter Moll ein, „und das schöne Bergegeld ist nun auch nichts als ein blauer Dunst!"

„Das ist nun eben so wie es ist", sagte der herzutretende Steuermann, „wir müssen uns damit zufrieden geben. Unrecht Gut gedeihet eben nicht. Verstaut soviel von dem Gold wie ihr noch kriegen könnt, in das Boot, und was dort keinen Platz mehr hat wird verfeuert gegen die Piraten so lange die *Käthe* noch über Wasser ist."

Puvogel hatte inzwischen die Kanone wieder bis zur Mündung vollgeladen.

„Jeder Schuss kostet tausend Pfund Sterling", lachte er. „Wenn so ein Stück Gold wenigstens dem Rappo in den Schädel fahren wollte ... aber das passiert natürlich nicht."

Er brannte los, und die sichtbare Wirkung des Schusses war das Herabstürzen einer der Gaffeln des Schoners. Da aber zugleich ein Geheul vernehmbar wurde, so mussten auch wieder einige der Mannschaft getroffen worden sein.

Kurz vor Eintritt der Dunkelheit holte die sinkende Bark schwer nach Backbord über. Alle Mann begaben sich in das seit Stunden bereitliegende Boot, in dem auch Arendsen untergebracht war, und mit größter Eile rojten sie der Höhle zu, an deren Eingang sie hinter dem davor lagernden Felsen vor dem Gewehrfeuer, das die Piraten ihnen nachsendeten, Schutz fanden. Eine Minute später verschwand die *Käthe* in der Tiefe.

Ergriffen blickten alle Mann hinüber zu der Stelle, wo die Flut sich über den Toppen der Bark geschlossen hatte. Puvogel legte den Arm um Gerts Schulter. Des Jungen Lippen bebten, und Tränen rannen über seine Wangen.

„Ein schönes, ein braves und ein gutes Schiff war die *Käthe*", sagte der wackere Matrose, „und sie hat einem guten Mann gehört. Und glaub mir, Gert, es gibt eine Gerechtigkeit auch schon hier auf Erden, und auch auf dieser vermaledeiten Insel, und ich will nicht Jörn Puvogel heißen, wenn der Satan Rappo nicht seinen Lohn ausbezahlt kriegt und das in allerkürzester Zeit. Pass auf, Gert, was ich dir sage."

Gert konnte nicht antworten, sein Herz war zu voll. Sein Vater hatte mit großer Liebe an der Bark gehangen, und so empfand auch er ihren Verlust schwerer als den der Reichtümer, die mit ihr versunken waren.

Sie brachten die Nacht auf dem Felsen zu, um den Schoner im Augen behalten und sich von den Piraten nicht überrumpeln zu lassen.

Vierundzwanzigstes Kapitel

Gerts Traum. - Ein gefährliches Unternehmen.
„Hurra! Zwei vernagelt!" - Ein Schiff in Sicht.
„Keppen Brand, hier ist Ihr Sohn!"

Langsam schleppten sich die Stunden dahin. Auf dem Schoner regte sich nichts. Das einzige Geräusch, das die Stille unterbrach, war das Getön der Strömung, die die Bai durchkreuzte.

Gert und Jörn hatten ihren Posten auf der vorderen, dem Schoner zugekehrten Seite des Felsens erhalten. Es währte nicht lange, da überkam den Jungen eine große Müdigkeit. Die Aufregungen des Tages und der Blutverlust zeigten ihre Wirkungen, er fühlte sich matt, schwach und schläfrig. Er bat Jörn, auch für ihn Ausguck zu halten, dann legte er sich nieder und war sehr bald fest eingeschlafen.

Eine Viertelstunde mochte vergangen sein, da nahm der Matrose eine seltsame Unruhe an dem jungen Schläfer wahr. Er rüttelte ihn und rief ihm mit unterdrückter Stimme zu:

„Du, Gert, wach auf, Junge! Was ist dir? Was hast du?"

Gert sprang empor, munter und frisch.

„Jörn", sagte er, „glaubst du an Träume?"

„Kommt drauf an, was für Träume?", war die Antwort. „Ein Schiffsmaat von mir träumte, er wäre über Bord gefallen und ersoffen, und schon in der nächsten Nacht tat er es wirklich. Das wäre ein richtiger Traum.

Ein anderer Schiffsmaat träumte, er hätte ein feines Mittagessen vor sich, das aber war kein richtiger Traum, denn er und drei andere verhungerten eine Woche später auf einem Floß. Drum mein' ich, auf Träume ist kein Verlass."

„Auf meinen Traum verlasse ich mich. Ich weiß jetzt, was ich zu tun habe, und du sollst mir dabei helfen."

„So. Na dann erzähle!"

„Mir träumte, Steuermann Arendsen käme zu mir und sagte: ‚Roje zum Schoner, klettere an Bord und vernagle das Buggeschütz. Ganz klar und deutlich. Willst du mit mir zum Schoner rojen?"

„Hm!", sagte Jörn, und dann sagte er eine lange Zeit weiter nichts. Endlich, nachdem Gert ihm erklärte, er würde hinüberschwimmen, wenn er nicht mitkäme, fing er an:

„Ich kann meinen Posten nicht verlassen, ohne dem Steuermann Bescheid gesagt zu haben."

„Das versteht sich von selbst", entgegnete Gert. „Sieh, da kommt er eben her!"

Paulsen trat heran.

„Alles ruhig da drüben bei den Halunken?", fragte er.

„So ruhig wie auf einem Bauernhof, wo der Fuchs alle Hühner gewürgt hat", antwortete Jörn.

Der Steuermann zögerte einige Sekunden, dann sagte er: „Vor zehn Minuten ist der arme Arendsen gestorben."

Jörn war betroffen.

„Dann hast du recht, Gert", sagte er, „dann müssen wir's tun!"

„Was müsst ihr tun?", fragte Paulsen erstaunt.

Der Matrose erzählte dem Steuermann Gerts Traum.

„Dürfen wir das Boot nehmen, Steuermann?", rief der Junge eifrig.

„Hm, ich sehe nicht ein, was für Schaden die Bugkanone uns noch zufügen könnte ... aber merkwürdig ist es doch, dass du solchen Traum haben musstest, gerade als er starb."

„Als Sterbender hat er mehr gesehen, als wir sehen können", sagte Jörn, „und es war brav von ihm, seinen Schiffsmaaten noch einen Wink zu geben, eher er die Fangleine losmachte. Ich wollte eben zu Ihnen kommen und Sie fragen."

Paulsen überlegte.

„Meinetwegen", sagte er dann. „Aber habt ihr auch Nägel?"

„Ich habe zufällig noch ein paar in der Tasche, aus dem letzten Beutel, den wir verfeuerten", antwortete Jörn.

„Nun, dann los! Möge Gott euch beistehen, die Gefahr ist groß."

Sie stiegen geräuschlos den Felshang hinunter, erreichten nach wenigen Minuten das Boot und stießen ab. Ehe sie in die Strömung kamen, verabredeten sie kurz, was zu tun sei. Jörn sollte das dem Schoner zutreibende Boot mit dem Bootshaken festhalten, Gert sollte dann die Fangleine über die Stagen werfen, daran hinaufklettern, sich an Bord schleichen, die Kanone vernageln und auf demselben Weg schleunigst wieder ins Boot kommen. Entdeckte man ihn, dann sollte er über Bord springen und dem Land zuschwimmen. Jörn sollte ihm dann nachrojen und ihn ins Boot nehmen.

Gert entledigte sich seiner Bekleidung, mit Ausnahme der Hosen, des Leibriemens mit dem Scheidenmesser und eines um den Hals gehängten Marlspiekers. Die Nägel nahm er in den Mund.

Gleich darauf trieb das Boot mit der Strömung dem in der Finsternis noch unsichtbaren Schoner zu. Bald ragte eine schwarze Masse vor ihnen auf. Jörn stand mit dem Bootshaken vorn im Boot. Ein metallischer Ton ... der Haken hatte gefasst, das Boot schwang herum, Gert warf die lange Fangleine über die Stagen, kletterte hinauf, lief die Stagen entlang bis zum Bug und lauschte. Alles war still. Leise wie eine Katze erstieg er die Back, schlich sich tastend zum Geschütz und steckte einen der Nägel in das Zündloch. Dann nahm er den Marlspieker vom Hals, fasste ihn an der Spitze und erhob ihn, den Nagel mit dem schweren Ende einzutreiben.

Ein scharfer Laut ... die Kanone war vernagelt.

„Nun schnell fort!", sagte sich unser Held, aber ehe er einen Schritt tun konnte, sprang ein Mann hinter dem Gangspill hervor und packte ihn mit eisernem Griff am Hals.

Da überkam Gert die Kraft der Verzweiflung. Er riss sich los und versetzte dem Angreifer mit dem Marlspieker einen so gewaltigen Schlag auf den Kopf, dass dieser wie vom Blitz getroffen niederstürzte.

„Hurra! Zwei vernagelt!", schrie er, schwang sich auf die Stagen hinunter und war im nächsten Moment wieder im Boot, das sofort mit der Strömung schnell achteraus schoss. Schüsse krachten hinterher, aber keiner traf.

„Roj', Gert, roj'", rief Puvogel, „sonst reißt uns der Strom nach See zu!"

Aber Gert saß kraftlos auf seiner Ducht. Der plötzliche Schreck und das kurze aber furchtbare Ringen mit dem starken Mann hatten ihn so angegriffen, dass er die zitternden Arme nicht regen konnte.

„Lass doch das Boot treiben, Jörn", sagte er mit schwacher Stimme. „Ich kann nicht, wenigstens jetzt nicht. Nachher rojen wir um die Insel herum und sind am Tunnel noch ehe die Sonne aufgeht."

Jörn erkannte bald, dass er allein das Boot nicht in das stille Wasser bringen konnte. Er überließ es daher sich selber und widmete sich seinem jungen Freund.

„Hast du das Geschütz richtig vernagelt?", fragte er.

„Ja", antwortete Gert. „Und einen der Seeräuber obendrein. Ich glaube, es war Rappo. Ein Malaie war es nicht."

„Bravo. Nun leg dich in die Sternschoten und erhole dich. Morgen früh sind wir wieder bei unseren Schiffsmaaten. Vor der Fahrt durch den Tunnel graut mir ein bisschen, aber was bleibt uns übrig?"

Als das Boot den gewundenen Kanal hinter sich hatte und von der Dünung der ruhigen See sanft gewiegt wurde, da kam Gert bald wieder zu Kräften. Er erhob sich und griff nach dem Riemen.

„Sachte, Jungchen", sagte der Matrose und legte langsam seinen Riemen aus. Die schwache Brise war ihnen günstig, ebenso die Richtung des Seeganges. Zwei Stunden rojten sie in gemächlichem Takt, sich immer in der Nähe des Landes haltend, das sich wie ein schwarzes Ungetüm von dem sternenfunkelnden Firmament abhob.

„Langsam!", rief auf einmal der Matrose. „Ich glaube, dort ist ein Schiff in Sicht! Schau, Gert!"

Der Junge folgte der Richtung des ausgestreckten Arms.

„Ja", sagte er, „das ist ein Schiff und gar nicht sehr weit ab. Warum hat es keine Seitenlaternen? Wenn wir da an Bord könnten, dann wollten wir mit dem Piratenschoner bald fertig werden!"

„Das habe ich auch gerade gedacht. Kann aber sein, dass das auch Seeräuber sind. Es liegt beigedreht, wie es scheint. Sollen wir hinrojen?"

Gert war einverstanden. Nach einer Viertelstunde befanden sie sich in Rufweite.

„Es ist eine Brigg", sagte der Junge. „Prei' sie an, Jörn."

„Das will ich. Wenn der Kasten sich aber als Pirat erweist, dann gib mir nicht die Schuld, hörst du?"

„Nein, nein."

„Brigg ahoi!", rief Jörn mit mächtiger Stimme.

Keine Antwort.

„Brigg ahoi!"

„Hallo! Wer grölt da?", ließ sich jetzt eine Stimme vernehmen, bei deren Klang unserem Gert das Herz bis in die Kehle sprang ... sie erschien ihm so bekannt.

„Zwei Schiffbrüchige von der deutschen Bark *Käthe*!"

Eine Laterne erschien außerhalb der Reling, und dieselbe Stimme rief:

„Braucht ihr Hilfe? Sollen wir ein Boot schicken?"

„Nicht nötig!", antwortete Jörn. „Wir kommen langseit. Roj' an, Gert."

„Jörn, der Mann spricht gerade wie der Steuermann Roller", sagte der Junge.

„Jetzt, so du das sagst, fällt mir das auch auf", antwortete der Matrose. „Vielleicht ist er es?"

Das Boot legte langseit der Brigg an. Gert sprang in die Großrüst. Ein bärtiger Mann beleuchtete ihn mit der Laterne.

„Dunnerlüchting!", rief der Mann. „Das ist unser Gert! Keppen Brand! Hier ist Ihr Sohn! Nun können Sie nicht klagen, dass ich ihn nicht gut erzogen hätte!"

Fünfundzwanzigstes Kapitel

Wie die ‚Ameise' zur rechten Zeit kommt. - Psalm 107, Vers 23 bis 30. - Rappos Geschichte. - Heimfahrt der ‚Ameise'. - „Das liegt so in Janmaats Blut". - Kapitän Gert Brand von der Käthe.

Jörn Puvogel lotste die *Ameise* durch den Tunnel. Keppen Brand, Keppen Ketelsen, Steuermann Roller und die gesamte Mannschaft waren informiert über alles, was geschehen war, und auch über das, was zu geschehen hatte, wenn die Brigg in die Bai eingelaufen sein würde.

Beim Passieren des unheimlichen Tunnels verlautete kein Wort an Deck. Gert und Jörn konnten kaum erwarten, ihre Schiffsmaaten wieder zu Gesicht zu bekommen. Endlich war der Moment da, und die Brigg schoss aus der Finsternis hinaus in das Tageslicht.

Scharfes Schießen und wildes Gebrüll war das erste, was der Besatzung entgegenhallte. Es kam von dem Höhlenfelsen her, den die Seeräuber in ihren Booten angegriffen hatten. Die Mannschaft der Brigg richtete ein wohlgezieltes Gewehrfeuer gegen die Banditen und legte sich dann unter Puvogels Leitung so vor Anker, dass sie dem Schoner den Weg zur Flucht versperrte. Auch dessen Deck wurde nun unter Feuer genommen, das die Piraten erwiderten. Zugleich ließ Keppen Brand zwei Boote aussetzen, die dann, von Keppen Ketelsen und Steuermann Roller geführt und mit starker wohlbewaffneter Mannschaft besetzt, in Eile dem Felsen zurojten.

Jetzt wurde den Banditen klar, dass ihr Spiel verloren war. Von Rappo, der sich wie ein Dämon gebärdete, aufgestachelt, wehrten sie sich bis aufs Äußerste, allein die Übermacht überwältigte sie bald, und was nicht fiel, wurde zu Gefangenen gemacht.

Inzwischen hatte das Gefecht zwischen dem Schoner und der Brigg fortgedauert. Die Niederlage der Seeräuber in den Booten aber machte auch diesem ein Ende. Die durch den Verlust ihres Führers entmutigten Malaien, sprangen über Bord und wurden von der Strömung fortgerissen.

Der Sieg unserer Freunde war vollständig. In Gerts Freudenblick aber fehlte der bittere Tropfen nicht. Der alte Hannes Geitau war an Deck der *Ameise* von einer Kugel getroffen worden und lag nun in seiner Koje, den kalten Todesschweiß auf der Stirn.

„Kennst du mich, Hannes?", fragte Gert, der leise eingetreten war und des Alten Hand erfasst hatte. Seine Stimme bebte, und Tränen liefen ihm über die Wangen.

„Ja", antwortete der Sterbende, „du bist mein lieber, guter Junge. Gräme dich nicht, meine Zeit ist um, aber ich bin glücklich, da ich dich gesund sehe."

Der Junge ließ des alten Seefahrers Hand nicht aus der seinen. Er lag mit geschlossenen Augen und schien zu schlafen. Gleich darauf kam Keppen Brand mit der Bibel in der Hand herein.

Hannes öffnete langsam die Augen.

„Kaptein", hauchte er, „es ist zu Ende. Lesen Sie mir noch einmal, was in dem Heiligen Buch da steht, von den Trunkenen und dem großen Sturm."

Der Schiffer wusste sehr wohl, was der alte Fahrensmann im Sinn hatte. Er schlug den Psalm 107 auf, begann mit dem 23. Vers und endete mit dem 30.

„Ja, Kaptein", ächzte Hannes, „das ist schön. Danke ... danke. Lesen Sie ... die letzten Verse ... noch einmal."

Keppen Brand schaute wieder in das Buch und las langsam und deutlich: „Und stillte das Ungewitter, dass die Wellen sich legten. Und sie froh wurden, dass es stille geworden war; und er sie zu Lande brachte nach ihrem Wunsch."

Ehe er noch ganz zu Ende gelesen hatte, war die Seele des alten Seefahrers bereits entschwebt.

„Er ist tot, Gert", sagte er, die leblose Hand drückend. „Lebewohl, alter Freund, Gott schenke dir die ewige Ruhe!"

Tränen blinkten in seinen Augen, als er hinausging. Gert folgte ihm.

Vom Felsen her kam ein Boot mit Gefangenen. Der erste, der mit einer Leine an Bord geholt wurde, war der schwerverwundete Rappo.

„Sieh, Vater", sagte Gert, „das ist der Mann, der alles Unglück angestiftet hat."

Keppen Brand warf einen langen Blick auf das aschgraue Gesicht des Gefangenen, der ausgestreckt an Deck lag.

„Also das ist Rappo, der Kerl, der meine *Käthe* in den Grund gebohrt hat", entgegnete er. „Lass ihn achteraus schaffen, wollen versuchen, ihn wenigstens für den Galgen zurechtzuflicken."

Er ging, um nach den anderen Gefangenen zu sehen, Gert aber ließ von zwei Matrosen den Seeräuberhäuptling in eine Kajütenkammer bringen und dort in eine Koje legen. Als er sich wieder entfernen wollte, hielt Rappo ihn zurück.

„Bleib noch, Gert", bat der Verwundete in heiserem Flüsterton, „ich möchte mit dir reden."

Gert setzte sich auf eine Seekiste.

„Ich sterbe", fuhr Rappo fort. „Du bist es, der mich umgebracht hat."

„Ich?", fragte Gert ganz erstaunt.

„Ja, du warst es, der mein Buggeschütz vernagelt hat, der mir den Schlag auf den Kopf gab."

Er konnte nicht weiterreden und rang qualvoll nach Atem.

„Rum ... ich ... ich"

Gert sprang davon. Als er mit der Flasche wiederkehrte, lag Rappo in Ohnmacht. Es dauerte lange, ehe er ihm von dem Getränk einflößen konnte, das schnell seine helfende Wirkung tat.

„Ihr wart in der Höhle."

„Ja."

„Ihr habt den Schatz gefunden?"

„Ja, und auch ein Gerippe."

„Auch ein Gerippe!", ächzte Rappo. „Wo ist der Schatz?"

„Der liegt, bis auf einen kleinen Teil, mit der *Käthe* auf dem Grund der Bai."

„Ach! Das verfluchte Gold! Es hat mir Leib und Seele verdorben! Komm näher, Junge, ich will dir alles erzählen."

Gert trat dicht an den Sterbenden heran, der ihm, oft von Schwäche und Atemnot unterbrochen, das Folgende berichtete:

„Ich war einst ein Junge wie du, genau wie du, furchtlos und keck. Du hast das Geschütz vernagelt, mit dem ich die Brigg zum Wrack geschossen hätte. Du bist die Ursache meines Todes, aber ich zürne dir nicht. Ich bewundere dich.

Ich verlor früh meine guten Eltern. Ein Onkel, ein Schiffskapitän, nahm mich in sein Haus. Er war ein harter, böser Mann, der mich grausam behandelte und bald zur See schickte, um mich los zu sein. Meine erste Reise ging nach Kalkutta. Unterwegs nahmen wir Schiffbrüchige an Bord. In der Nacht kamen noch mehr Schiffbrüchige langseit. Das Schiff wurde überfallen und genommen, die Notleidenden erwiesen sich als verkappte Seeräuber. Sie warfen unsere ganze Besatzung über Bord, nur mich ließen sie leben, weil sie einen Jungen brauchten.

Wir hatten eine Anzahl Kisten mit barem Gold an Bord. Die wurden an Bord eines großen Schoners gebracht, der den Piraten gehörte. Unser Schiff wurde leck gehauen und versenkt. Einigen Ostindienfahrern wurde bald darauf dasselbe Schicksal bereitet. Ich beteiligte mich nicht an den Mordtaten, ich hoffte nur immer auf eine Gelegenheit, entfliehen zu können.

Der Kapitän fand bald Wohlgefallen an mir, denn ich war ein tüchtiger Junge, gerade so einer wie du. Wir hatten viel geraubtes Gut an Bord, und er dachte bereits daran, es hierher in seinen alten Schlupfwinkel zu bringen, als wir einen großen Chinafahrer in Sicht bekamen. Der Schiffer erwartete keine wertvolle Ladung an Bord desselben, aber er hatte seit drei Wochen niemand über die Planke und ins Wasser jagen können und wollte sich diesen Sport wieder einmal leisten. Mit dem alten Schiffbrüchigentrick wurde das Schiff genommen, und ich musste mit. Er zwang mich dazu mit vorgehaltener Pistole. Ich sollte mich an Blut gewöhnen, wie er sagte.

Der erste Mann, den ich an Deck des Chinafahrers vor mir sah, war mein Onkel. Seit ich auf See war, hatte ich immer nur in bitterem Grimm an ihn gedacht. Jetzt kochte die Rache in mir auf. Ich fiel ihn an und stieß ihm mein Messer ins Herz. Das fließende Blut machte mich toll und blindwütig. Ich stach und schlug darauf los wie meine Genossen. Schiff und Mannschaft verfielen dem Geschick ihrer Vorgänger.

Von da an behandelte mich der Schiffer wie einen Sohn, und unter seiner Leitung wurde ich bald der blutdurstigste, wildeste und verschlagenste Teufel, der je den Seefahrern ein Fluch geworden ist. Oft hörte ich, wie man von mir als dem schwarzen Seeteufel redete, und ich Wahnwitziger war stolz darauf!

Wenn unsere Leute ihren Anteil an dem in der Dampfhöhle aufgespeicherten Raub verlangten, dann fanden wir stets eine Gelegenheit, sie alle umzubringen und andere, zumeist Malaien, an Bord zu nehmen. Nach einer Reihe von Jahren wollte auch ich meinen Anteil haben, um mich irgendwo in Europa als reicher Mann niederzulassen. Der Schiffer aber war ein Geizhals und mochte nichts missen. Da brachte ich die Mannschaft auf meine Seite, wir ließen ihn in der Höhle zurück, um ohne ihn noch einen Raubzug zu unternehmen und dann den ganzen Schatz zu teilen. Wir wussten, dass er inzwischen verhungern musste. Es war sein Gerippe, das ihr gefunden habt.

Das erste Fahrzeug, das wir nehmen wollten, war ein holländischer Kriegsschoner, der auf Piraten fahndete. Unsere vorgeschickten Schiffbrüchigen kamen ihm verdächtig vor, er steckte sie unter Deck und ließ sie bewachen. Als wir dann kamen und Besitz ergreifen wollten, erkannten wir zu spät unseren Missgriff. Alle wurden niedergemacht oder gefangen. Unser Schoner wollte davonsegeln, wurde aber durch einige Vollkugeln mit allen noch an Bord Befindlichen in den Grund gebohrt. Die Gefangenen endeten an den Rahennocken, nur ich kam davon, weil man mir glaubte, als ich angab, ich sei ein Gefangener der Piraten gewesen. Man setzte mich in Batavia an Land. Hier erstach ich im Streit einen holländischen Polizisten und erhielt dafür sieben Jahre Gefängnis. Nach wiedererlangter Freiheit musterte ich als Matrose auf der im Hafen liegenden *Thetis* an, stachelte die Mannschaft zur Meuterei auf und kam an Bord der *Käthe*. Das weitere kennst du.

Als ihr meine Tasche vom Hals risset, da wusste ich, dass es mit mir zu Ende ging. Die Niederschrift, die sie enthielt, war für mich längst wertlos, aber sie galt mir als ein Amulett. Ich meinte, dass mein Leben gesichert sei, so lange ich das Papier bei mir trüge. Dasselbe glaubte mein alter Schiffer. Ich entriss ihm die Tasche in der Höhle, wo er dann auch seinen Tod fand ..."

„Wie erlangten Sie den Schoner, nachdem wir Sie ausgesetzt hatten?", fragte Gert.

„Auf die alte Weise ... schiffbrüchig ... an Bord genomen! Ich sterbe ... Rum! Gib mir Rum!"

Gert langte nach der Flasche und dem Glas. Da tat Rappo einen erstickten Aufschrei ... der Seeteufel war tot.

Voll von ernsten Gedanken verließ Gert die Kammer und suchte seinen Vater auf, ihm das Ende des Seeteufels zu melden. Eine halbe Stunde später wurde dessen Leichnam, in Leinwand genäht und mit Kanonenkugeln beschwert, auf den Grund der Bai gesenkt.

An Bord des Schoners entdeckten die Sieger in der Kapitänskammer einen großen Betrag baren Geldes, aber weder Schiffspapiere noch Logbuch fanden sie vor. Alle derartigen Ausweise waren vernichtet worden. Auch den Namen an Bug und Heck hatten die Seeräuber überstrichen, so dass es unmöglich war, Heimat und Eigentümer des Fahrzeugs festzustellen.

„Wir müssen den Schoner hier liegen lassen", sagte Kapitän Brand, „wir haben nicht Leute genug, ihn zu bemannen. Vielleicht kann er noch einmal armen Schiffbrüchigen nützlich werden."

Am Nachmittag war alles Wertvolle an Bord der Brigg geschafft, und noch vor Anbruch der Dunkelheit hatte sie die Bai durch den gewundenen Kanal verlassen und breitete ihre Segel auf offener See der Brise entgegen.

Noch eine traurige Pflicht hatte die Besatzung zu erfüllen ... die Bestattung des alten Hannes Geitau und des Steuermannes, dessen Leiche Jakob Paulsen von dem Felsen mit an Bord gebracht hatte, um ihr ein regelrechtes Seemannsbegräbnis bereiten zu können. Beide Seefahrer gingen in der Tiefe der

See zur letzten Ruhe ein, gerade als die glühende Scheibe der untergehenden Sonne den Horizont berührte.

„Vollbrassen!", rief Steuermann Roller, sobald die kleine Totenfeier zu Ende war. „Jetzt geht's auf die Heimfahrt, und nachher gibt's eine feine Abrechnung! Junge, Junge, was sollen wir bloß mit dem vielen Geld anfangen!"

Der Rest der Schätze aus der Höhle, der zum größten Teil aus Gold- und Silbermünzen bestand, da die meisten Goldbarren als Geschosse hatten dienen müssen, ergab mit dem von dem Schoner geborgenen Geld eine so große Summe, dass auf jeden Mann der Besatzung ein kleines Vermögen entfallen musste.

Kapitän Brand fragte die Leute, was jeder mit seinem Anteil anzufangen gedächte. Er riet ihnen, sich zusammen zu tun, eine Genossenschaft zu bilden, einige Fahrzeuge zu kaufen und für gemeinschaftliche Rechnung Handel zu treiben. Damit aber waren die wenigsten einverstanden.

„Ich behalt' mein Geld", sagte einer, „wenn ich das in einem Schiff anlege, wer sagt mir, dass das nicht verloren geht? Und dann ist mein Geld zum Teufel. Nee, Maaten, ich nehme mein Geld und lebe vergnügt, bis es alle ist und dann pack' ich meine Seekiste und gehe wieder an Bord."

Die anderen dachten ebenso.

Als Keppen Brand dies hörte, stieß er einen Seufzer des Bedauerns aus. „Es sind und bleiben Narren, denen nicht zu helfen ist", sagte er. „Aber sie können nichts dafür, das liegt so in Janmaats Blut."

Jörn Puvogel und Döschkopp aber waren verständiger und machten mit Keppen Brand, Ketelsen, Roller und Gert gemeinschaftliche Sache. Ein schönes Vollschiff wurde gekauft, Ketelsen zum Kapitän und Roller zum Obersteuermann ausersehen. Puvogel musterte als Bootsmann und Döschkopp als Segelmacher an.

Gert fuhr vor dem Mast, bis er die für den Besuch der Navigationsschule vorgeschriebene Fahrzeit erlangt hatte.

Das Unternehmen erwies sich als sehr erfolgreich. Nach einigen Jahren zogen sich Ketelsen und Roller an Land zurück und halfen Keppen Brand die Geschäfte zu führen.

Gert fährt heutigen Tages noch zur See, als Kapitän und Eigentümer einer großen viermastigen Bark, die er *Käthe* getauft hat, im Andenken an seine Mutter und jene andere Bark, die tief unten auf dem dunklen Grund der Bai der Brückeninsel liegt.

Worterläuterungen

Achterdeck	(engl. Quarterdeck), erhöhtes Deck im achteren Teil des Schiffes
anbrassen	Die Rah stärker in Längsrichtung des Schiffes ausrichten, um höher am Wind zu segeln
anpreien	Anrufen mit einem Sprachrohr
aufgeien	Die Segel zusammenraffen
backschlagen	Die Segel schlagen rückwärts
Backstagsbrise	Guter Segelwind von hinten
Bark	Segelschiffstyp mit mindestens drei Masten
Besan	Gaffelsegel am hinteren Mast
Blöcke	Rollen zur Veränderung der Zugrichtung von Tauen
Brigg	Zweimastiges Segelschiff
Buline	Haltetau für ein Rahsegel
Davit	Schwenkbarer Kran bei der Bordwand
Diggings	Grabungsstätten
Ducht	Sitzbank im Ruderboot
Faden	Längenmaß für Wassertiefen (1 Faden=1,88 m)
Fall	Tau zum Hochziehen eines Segels
Fallreep	Feste Treppe oder Strickleiter an der Bordwand
Fockmast	Vorderer Mast eines Dreimasters
Gaffel	Verschiebbar am Mast befestigtes, schräg nach oben ragendes Rundholz
Gig	Leichtes Beiboot
Glasen	Die Glasenuhr gibt durch Glockenschläge (Glasen) die Uhrzeit an
Gräting	Begehbarer Gitterrost auf Schiffen
Großsegel	Unterstes Segel am Großmast

Großtopp	Oberstes Stück des Großmastes
Hellegatt	Kleiner, winkliger Raum zur Aufbewahrung von Vorräten und Schiffszubehör
Janmaat	Seemann, Matrose
Kabellänge	Ein Kabel bezeichnet den zehnten Teil einer Seemeile und beträgt 185,2 m
Kampanje	Hinterer Aufbau an Deck
Klampe	Vorrichtung zum Befestigen von Leinen und Tauwerk
Klipper	Schnelles Fracht-Segelschiff mit scharf geschnittenem Bug
Knoten	Ein Knoten entspricht einer See-meile/h, das bedeutet 1,852 Kilometer/h (1 Seemeile = 1852,0 m)
Leeseite	Die dem Wind abgewandte Seite
Liek	Tauwerk, mit dem das Segel eingefasst ist, um ihm Halt zu geben, also der Rand des Segels
Linientaufe	Erstmalige Überquerung des Äquators
Log	Messgerät zur Bestimmung der Fahrt
Luvseite	Die dem Wind zugewandte Seite
Marlspieker	Eiserner Dorn mit einem Knauf am dickeren Ende. Traditionelles Werkzeug des Taklers
Marssegel	Segel, das an eine Rah der Marsstenge angeschlagen wird
Marsstenge	Teil des Mastes oberhalb der ersten Saling, der Marssaling
Pallen	Sperrhaken an einem Zahnrad
Palstek	Knoten, der ein Auge in ein Tau schlingt, damit es sich nicht zusammenziehen lässt
Pantry	Anrichte neben der Kombüse

Pardune	Absicherung eines Segelschiffmastes nach seitlich hinten
Persenning	Schutzdecke aus Segelleinwand
Preventerbrassen	Hilfs- oder Verstärkerbrassen
Pütz	Kleiner Eimer oder kleine Wanne
Pull	Ein Zug am Riemen oder an einem Tauende, an dem geholt wird
Pumpensod	Der niedrigste Ort im Schiff, in dem sich das Wasser sammelt
Rah	Segeltragender Bestandteil der Takelage
Reff	Vorrichtung zum Verkleinern eines Segels
Reffzeisinge	Kurze Taue zum Einbinden von Segeln
Registertonne	Veraltete Maßeinheit für Seeschiffe. Sie entspricht genau 100 englischen Kubikfuß und rund 2,83 Kubikmetern
Riemen	Ruder
Roof	Holzhaus auf dem Deck von Seglern
rojen	rudern
Saling	Holzkonstruktion, zu beiden Seiten neben dem Mast
Schanzkleidung	Bordwand, die oberhalb des Oberdecks zum Schutz gegen Wellen fortgeführt wird
Schauerleute	Alte Bezeichnung für Hafenarbeiter
Scheilicht	Aus dem Englischen »skylight«, Oberlichtfenster der Kajüte
Schiemannsgarn	Gehört zu den Kleintauwerken und besteht aus vier bis sechs Garnen
Schoner	Segelschiff mit zwei oder mehr Masten
Schot	Tau zum Lenken eines Segels
schralen	Drehen des Windes von achtern nach vorn
Spake	Holzstange, die als Hebel dient
Spanten	Tragende Bauteile zur Verstärkung des Schiffsrumpfes

Spiere	Rundholz
Spill	Drehbare Vorrichtung zum Einholen von Trossen oder der Ankerkette
Stag	Verspannungstaue. „Über Stag gehen": Der Bug wird durch den Wind gedreht
Stenge	Verlängerung des Mastes auf einem Segelschiff
Strak	Verlauf der Linien eines Bootskörpers
Sundastraße	Meerenge zwischen den indonesischen Inseln Sumatra und Java
Talje	Flaschenzug auf dem Schiff
Tamp	Endstück eines Taus oder einer Leine
Tonnen	Maßeinheit für den Raumgehalt eines Schiffes
Trimm	Ausrichten eines Schiffs in die richtige Lage
trimmen	Die Segel so stellen, dass der Wind sie voll ausnutzt
Törn	Zeitabschnitt während dessen ein Mann am Ruder zu stehen hat
Wanten	Seile, mit denen die Masten verspannt werden
Warpanker	Schleppanker
Winsch	Seilwinde
wricken	Ein Boot mit einem über das Heck ausgestreckten Riemen durch schraubenartige Drehungen desselben fortbewegen
Zeisinge	Kurze Taue zum Verschnüren der aufgeholten Segel an der Rah
zurren	festbinden
Zurrings	Sicherungen gegen Seeschlag